清水良典

ryu murakami
haruki murakami
genichiro takahashi
yoriko shono
eimi yamada
yoko tawada
hiromi kawakami
kou machida

講談社

デビュー小説論

新時代を創った作家たち

目次

装幀　坂野公一＋吉田友美（welle design）

はじめに

村上龍、村上春樹、高橋源一郎、笙野頼子、山田詠美、多和田葉子、川上弘美、町田康――。こうして列挙してみると、彼らはすでに現代文学を代表する大作家ばかりである。多くの愛読者をもち、彼らの影響によって書きはじめた若手作家もいる。しかし大家としての名声を誇るだけではなく、彼らは現代文学に大きな役割を果たした。彼らの登場が、日本文学に大きな変化をもたらしたのである。

文学は生きものの進化のように時代とともに常に移り変わっている。しかし時おり、断層のように画然と変わる時期がある。明治時代末に言文一致が急速に普及したころがそうだったし、第二次世界大戦敗戦後もそうだった。それらに劣らないほどの変化を彼らの登場はもたらした。私たちがいま現代文学と呼んでいるものは、彼らの登場から始まったといっても過言ではない。

もちろん、ひとつの文学運動のように彼らが共鳴しあって変化を推進したわけではない。あくまで個別的に彼らはめいめいの出発を遂げた。しかし共通しているのは、彼らが日本の戦後社会に生まれ、高度経済成長とともに育ったことだ。そしてテレビや映画やマンガ、SF、ジャズやロック音楽、そしてメディアが伝える膨大な固有名詞のオーラを吸収して成長した。近代文学はもっぱら書物文化の継承のうえに成り立っていたが、彼らはむしろ右に並べた、いわゆるサブカルチャーを人格形成の基盤とした世代だった。その結果、明治時代から第二次世界大戦後まで近代文学として受け継がれてきた思想や文体の慣習を、彼らはあっさりと脱ぎ捨て、それまで日本で「小説」や「文学」と呼ばれた概念から自由な小説を、てんでに創りだしたのである。

それは当然ながら賞賛以上に、戸惑いや、ときには反発や顰蹙《ひんしゅく》で迎えられた。特に村上龍、村上春樹の二人は、同時代の文芸評論家から扱いに困るポップスターのように、どこか冷笑的に敬遠するスタンスで評されがちだった。加えて八〇年代後期には、ポストモダン思想の影響で、文学を解体と終焉に向かう制度的な産物のように見做す言説が横行していた。しかし終わりつつあったのは近代文学であり、むしろ彼らのあとから新しい文学が次々と生まれてきたのである。

ユニークだし筆力があることは間違いないのだが、それまで信じてきた「文学」なるものとはどこか根本的に違う気がする。そんな違和感を払拭できないまま評価の側が戸惑ってやり過ごしているうちに、彼らはどんどん成長し、いつのまにか日本文学の中心を支える作家になってしまった。——彼らと同時代の文芸評論との関係を思い出してみると、概《おおむ》ねそんな状況だったのではないだろうか。つまりきちんと咀嚼《そしゃく》され検証されないまま、彼らは自力で成長していった。その既成事実の蓄積が、ただ私たちの前にそびえている。

大きな川ほどその源は想像しにくい。しかし、どんな大きな川にも、流れはじめた始まりがある。現在の彼らの存在の大きさゆえに、私たちは彼らがそもそもどのような場所から出発し、受け容れられ、足場を築いてきたかを忘れがちである。

そのときどのような葛藤や困難に直面したのか、また壁を破ることができた要因は何だったのか。――そんな彼ら一人一人の出発のありようを、同時代に眺めてきた文芸評論家の一人として、私はデビュー作を徹底的に読みなおすことで精査しなおそうとした。このつたない仕事で、彼らと現在をつなぐ文脈が少しでも明らかになってくれれば幸いである。

デビュー小説論――新時代を創った作家たち

第1章

音楽の終わりと「永久戦争」
——村上龍『限りなく透明に近いブルー』

1

一九七六年に第十九回群像新人文学賞と第七十五回芥川賞を相次いで受賞した村上龍の『限りなく透明に近いブルー』ほど、センセーショナルな反響を呼んだデビュー作は稀である。「ロック世代」「長髪世代」というキャッチフレーズが、しばしば当時のジャーナリズムでは用いられた。横田米軍基地に隣接した福生《ふっさ》でドラッグとセックスに明け暮れる虚無的な若者たちの姿を一種露悪的なまでに描出したこの作品への〝良識〟的な反感や批判さえ、むしろスキャンダラスな関心を後押しすることとなり、本書は新人の小説としては異例のベストセラーとなった。

村上龍は前回の芥川賞を受賞した中上健次に続く戦後生まれの作家だった。戦争体験と戦後の断層を出発点とする作家たちが占めていた日本の戦後文壇に、民主主義教育とアメリカ文化、ことにサブカルチャーの影響を幼少時から浴びて育った世代の作家が出現したわけである。何よりもこの小説が鮮烈だったのは、文学よりも音楽――それもジャズやポップスではなく、六〇年代末のロックを出自の拠りどころにしていたからである。

世間を驚かせたドラッグもフリーセックスも、そのころ一気に先鋭化したロック音楽とセットになった文化思想に他ならなかった。一九四六年生まれの中上健次よりも、村上龍はさらに六年若い。受賞時の年齢は二十四歳だが、二浪して入学した武蔵野美術大学にまだ在籍中だった。同じカウンターカルチャー世代とはいっても、せいぜい五〇年代的なジャズとビートニクの影響範囲内だった中上の世代に比べて、いきなり村上龍はウッドストック体験以後のロックとヒッピーの文化を引っ提げて現れたのだった。

旧世代への挑戦状のようなこの作品の出現は、しかしデビューの契機となった群像新人文学賞の、井上光晴、遠藤周作、小島信夫、埴谷雄高、福永武彦の五名による選考では、意外にもすんなり理解されている。たとえば小島信夫は選評で「ほかのどの作品よりも清潔な感じのものだ」と述べ、福永武彦も「私たちが選考委員になつてから四年目に、遂に最良の作品を得た」と書いた。

最年長の埴谷雄高は次のように述べている。

村上龍『限りなく透明に近いブルー』はひとつの「出現」であるといわねばならない。この作品が《ロックとファックの時代》を鮮烈に代表する一つの透視画ふうな立方体としてはじめて現われた作品であることは疑いをいれない。

受賞後に世間を驚かせた「ロックとファック」は、明治四十二年生まれの老戦後作家にとっても、決して評価の障害になっていなかったのである。

一方、賛否が激しく対立した芥川賞の選考には、この作品によって巻き起こったセンセーションを目の当たりにした戸惑いと反発が混入している。選評で永井龍男は「これを迎えるジャーナリズムの過熱状態」と言及し、安岡章太郎は「候補に上る以前から、それこそ『はしゃぎ過ぎ』の感があるほど話題になった」とコメントしている。票を投じた吉行淳之介まで「この人の今後のマスコミとのかかわり合いを考えると不安になって、『因果なことに才能がある』とおもう」と書いたくらいである。

つまり物議を醸したかのように見える芥川賞の選考も、「ジャーナリズムの過熱状態」を挟んだ時差によるものであり、作品自体の文学的な価値を真っ向から否定する強硬な意見はなかった。「《ロックとファックの時代》を鮮烈に代表する」小説なら、もっと露わな無理解や反感に曝されるのが似つかわしかったはずなのにと、物足りなくさえ思ってしまう。いわば「因果なことに才能が」評価されてしまったのである。

作品中の「僕」は横田基地西隣の町、福生のアパートを拠点に、仲間とともに無気力で自堕落な生活を送っている。大音量でレコードを鳴らし、ヘロインやマリファナを摂取し、ときには米兵相手に乱交パーティを催す彼らは、周囲の日本人からも奇異と蔑みの目で見られている。その眼を睨み返すわけでもなく、「僕」はそういう自分たちの状態をも、ただ無気力に眺めつづけている。

そんな「僕」の視線はしばしば暴力的といってよいほど曇りなく冷徹だ。いつもカメラを大事に持っているのは仲間の一人のカズオだが、「僕」の視線そのものがつねに正確な、どんな不快な醜い細部でもくっきりと舐めとっていくレンズ——それもスチール写真のカメラではなく、映画カメラのようなレンズなのである。

台所がここから見える。汚れたまま流しに積んでいる皿の上を黒い虫、たぶんゴキブリが這い回っている。リリーは裸の太股にこぼした桃の汁を拭きながら話す。スリッパがぶら下がっている足には赤や青の静脈が走っているのがわかる。僕はその皮膚の上から見える血管をいつもきれいだと思う。

この視線がもたらすイメージは、尖《とが》って高揚したロック・ムービー的でもなければ、斬新なアングルを華やかに主張する新進気鋭の監督風でもない。あえていえばイタリアのネオレアリズモの映像に近い。音楽を媒介とした「ロックとファックの時代」によってではなく、じつは暴力的なまでにリアルな、静かな映像であることによって、この作品は小説たりえたのである。いいかえればそれは、全身にまとっているかに見える「ロックとファックの時代」が、この小説ではむしろ萎縮し後退していることを物語る。

2

一九七三年、一時は五十六万人もの兵力を投入していたベトナムからアメリカ軍は全面撤退し、七五年にベトナム戦争は終結した。翌年の七六年に日本国内では、アメリカの旅客機受注をめぐる大規模な汚職が発覚したロッキード事件が起きた。

音楽に関していえば、いわゆるニューミュージックと呼ばれた和製ポップスが持て囃され、荒井由実と井上陽水、吉田拓郎が台頭していた時期である。そして英米では、すでにロックは音楽産業の巨大なドル箱となり、売れっ子アーティストは億万長者だった。高級車を玩具のように買い集め、貴族の住むような豪邸を購入しても彼らに自由な時間はなく、レコード会社やプロモーターとの契約に縛られ、次々と新曲をレコーディングしながら世界各地を興行に回らなければならなかった。おまけにレイドバックにグラム・ロックにレゲエにパンクにと、目まぐるしく音楽界の流行の中心は移り変わり、同じことをしていればたちまち時代遅れとなってしまう。そのストレスの中でジョン・レノン、キース・リチャーズ、エリック・クラプトンをはじめ、多くのロック・ミュージシャンが逃避的にアルコールとドラッグに溺れ、廃人寸前の生活を送っていた。

一九七一年の夏を舞台としたこの小説は、そういう時代に書かれたのである。小説のなかで、すでにロックは退潮しはじめている。

「僕」の一人称で語るリュウが、知人女性を連れていき米兵相手の「パーティー」をする場面が、この作品には二度描かれている。その二度目に、リュウが化粧したうえに銀色のネグリジェを着て踊る場面がある。

自分は人形なのだという感じがますます強くなる。あいつらの思うままに動けばいい、俺は最高に幸福な奴隷だ。ボブがエロティックだと呟き、ジャクソンが静かにしろと言う。オスカーは灯りを全部消してオレンジのスポットを僕に向ける。時々顔が歪んで恐怖の表情になる。

目を大きく開き体を震わせる。叫んだり、低く喘いだり、ジャムを指で舐めワインを啜《すす》り髪をかきあげ笑いかけ、また目を吊り上げて呪いの言葉を吐いたりする。

ジム・モリソンの詩を叫ぶ。

「音楽が終わった時、音楽が終わった時、灯りをみんな消すんだ、兄弟は海の底で生き、俺の妹は殺された、まるで魚を陸に上げてその腹を裂くように俺の妹は殺された、音楽が終わった時みんな灯りを消すんだ、灯りを消すんだ」

ここに書かれた詩は、アメリカ西海岸でUCLAの映画学科の学生だったジム・モリソンを中心に、一九六五年に結成されたカリスマバンド「ザ・ドアーズ」の曲「When the Music's Over」の歌詞に基づいていると思われるが、正確な訳というよりダイジェストの意訳に近い。ベーシストなしでキーボードを中心に用いた独創的な音楽性と幻想的な歌詞、そして何よりも煽情的なモリソンのステージによって、ドアーズはカリスマ的な人気を博した。そんな彼らの一九六七年にリリースされたセカンドアルバム「STRANGE DAYS」(邦題は「まぼろしの世界」)の最後を飾る曲である。十一分近いこの曲は、不穏さを秘めた単調な伴奏に乗せて朗読のように歌われたのち、クライマックスで恐怖と絶望の絶叫にいたるドラマチックな大作だ。

ディラン・トマスやボードレール、アルチュール・ランボーを好み、詩を書きながら映画制作を夢みていたモリソンは、もともとタフなショービジネスには適さない人物だった。にもかかわらず端整な容貌と舞台パフォーマンスの過激さによって、プレスリー以来のセックス・シンボルに祀り上げられ、マンモスホールの群集相手にヒット曲をせがまれて歌わなければならない破目になる。彼はやがて泥酔したステージで観客を罵ったり、警備の警官を挑発したりするようになっていった。そしてついに六九年三月一日、マイアミの荒れ狂ったステージで性器を見せた容疑で逮捕された。裁判で有罪判決を受けたモリソンは控訴したものの、反社会的なバンドという烙印をジャーナリズムから押された結果、公演を尻込みするプロモーターが続出し、人気も演奏活動も下火にならざるをえなかった。そして長期にわたる薬物使用と飲酒の影響で醜く肥満してしまったモリソンは、七一年の七月三日、パリのホテルのバスタブ内で死体となって発見されたのである。ヘロインの過剰摂取による心臓麻痺といわれているが、謎の多い二十七歳の死だった。

リュウがここでモリソンの詩を叫んでいるのは七一年の初夏という設定であるが、作者がそれをモリソンの死の時期と重ねていることはまちがいない。

日比谷野外音楽堂のコンサート会場で遭遇した昔の音楽仲間「メイル」との会話では、リュウが以前ドアーズの楽曲「水晶の船」を演奏した経歴が仄めかされている。そんなリュウにとってモリソンの死は、たんに好きなアイドルが死んだ衝撃に留まらなかったはずだ。彼はここでモリソンの詩（死）に重ねられた「音楽＝ロック」の終焉を弔っているようにも見える。

ジム・モリソンの死以前に、なぜか揃って二十七歳で、天才的なロック・アーティストが相次いで死んでいる。

ブライアン・ジョーンズ　六九年七月三日　ローリングストーンズの元リーダー
ジミ・ヘンドリックス　七〇年九月十八日　ギタリスト
ジャニス・ジョプリン　七〇年十月四日　女性ロック歌手

従来のポップスと一線を画したロック音楽の黎明期に、パイオニアというべき存在が、いずれも理想と現実との不適応に悩み、ドラッグに溺れ、ほとんど自殺のように命を落としているのだ。アーティストとして自らの創造的欲求に忠実に生きることと、音楽市場のスターとして大衆の崇拝する虚像でありつづけること——、その矛盾はあらゆるスターが背負う十字架であるが、創造的才能に恵まれた者ほど引き裂かれる苦痛は大きい。未曾有の変革を思うままに創造する日々が、短期間のうちに過酷なビジネスワークに変容していった初期のロック・スターたちには、その宿命への耐性が準備できていなかった。

モリソンの死は、花火のように短期間に猛烈な燃焼を終えてしまった初期のロック伝説にとどめを刺すような出来事だったといえる。

マイアミ事件のあと、モリソンがバンドとともにプライベート録音した即興演奏がある。そのとき彼が歌った歌詞は次のようなものだった。

ロックの死を話してやろう、ベイビー
僕は昔、しょっちゅう部屋に籠もってたもんだ
たったひとりでニュースを聞いてた
連中がロッキンニュースを手に入れた
なあ、俺はロックンローラーが大好きさ
こうして息をしてるかぎり
ロックの死は俺の死だ

そしてロックは……死んだ
（ジェームズ・リオダン、ジェリー・プロクニッキー／安岡真、富永和子訳『ジム・モリソン　ロックの伝説』東京書籍、一九九四）

モリソンは肉体的な死を遂げる以前に、すでにもう一つの死を迎えていた。彼にとってロックはすでに死んでいたのである。

リュウもその夏、すでに「音楽＝ロック」が終わった世界に生きている。「ロックとファックの時代」がもともと帯びていた焼けるような高揚と反逆の熱情はとうに衰退し、廃墟のような惨めな虚無に占められているのだ。

そのことを確認できる場面が二ヵ所ある。

日比谷野外音楽堂のロックコンサートに仲間と出かけた折に、リュウが出会った昔の知人「メイル」から話しかけられてこんな会話を交わしている。


「ひどいだろ、最近はどこでもこんなもんだぜ、この前なんかジュリーとショーケンが出てさ、俺石投げてやったよ、お前横田基地にいるんだって？　あっちはどうだい面白いか？」

「まあな、黒人がいるからな、黒人といると面白いよ、あいつらすごいからな、グラス喫ってウォッカがぶ飲みしてフラフラしながら抜群のサックス吹くからなあ、すごいよ」

ステージのすぐ前でモコがほとんど全裸になって踊っている。カメラマンが二人モコに向けてシャッターを押している。

ジュリーこと沢田研二は、六〇年代末に日本でティーンエージャーの人気を博したグループサウンズを代表するバンド「ザ・タイガース」の人気歌手であり、ショーケンこと萩原健一は「ザ・テンプターズ」のそれだった。一九七〇年十二月にテンプターズが、翌月にタイガースが解散したあと、実力派のミュージシャン井上堯之と大野克夫たちでバンドを固め両歌手を加えた新グループ「ＰＹＧ」が結成された。彼らもまた海外のロックの影響を受け、芸能プロの束縛のなかで本格的なロックバンドを作ろうと志したのだったが、アナーキーな反体制こそロックのスピリットと考える硬派の聴衆からは憎悪に近い反感を向けられた。七一年三月に京都大学西部講堂のステージに立った際は猛烈なブーイングを受け、翌四月の日比谷野外音楽堂でもトマトや空き缶を投げられたという。そのなかにメイルの投げた石も交じっていたことになる。

メイルに対して、自分のいるところを「すごいよ」と一見自慢げに語るリュウだが、心からの誇らかさは感じられない。日本でアメリカ的なロックの模倣をすることの無惨さ滑稽さを、彼は自分たちの体験を通してすでに気付いている。裸になって踊るモコがカメラの餌食になっている光景もまた、周囲との残酷な落差を露呈している。ここでの彼らもまた、「あいつらの思うままに動けばいい」「人形」であり、「最高に幸福な奴隷」なのだ。

もう一つは、その翌日の午後、相変わらず仲間の自堕落な溜まり場になってしまったリュウの部屋から、モコが帰るから駅まで送ってとリュウを連れだした、その途上の会話である。

「そうね、リュウ、ウッドストックの映画だけどさ、あなた観た?」

「ああ、なぜだい?」

「今また観たくない? 今観ると白けるかしらどうかしらね、どう思う?」

「白けるよきっと、でもジミヘンは凄いだろうなあ、凄かったからなあ」

「やっぱり白けるわよねえ、でもやっぱり感動するかもしれないわよ、でもまた後で白けるんだろうなあ、ちょっと見てみたいなあ」

ヤーヤーヤーと叫びながらタミとボブが黄色のスポーツカーで追い抜いて行った。モコは笑って手を振り喫っていた煙草をハイヒールの細い踵で踏みつけた。


「ウッドストック」とは一九六九年八月十五日から三日間、ニューヨーク州サリバン郡の農夫マックス・ヤスガーが提供した酪農農場で、「愛と平和」をキャッチフレーズに催された大規模なロック・フェスティバルだった。全米各地からヒッチハイクなどで集まった観客数は四十万人以上といわれ、アメリカのカウンターカルチャーの最終形態を象徴するイベントだった。嵐の来襲もありステージ進行が大幅に遅れたために、観客の大半が帰途についた十八日早朝の最後に登場したのが、ジミ・ヘンドリックスである。従軍経験のある彼はそこでアメリカ国歌を、爆撃やマシンガンの乱射や悲鳴の擬音をストラトキャスターで創りだしながら即興演奏した。神がかりともいえるそのプレイは、七〇年に公開されたドキュメンタリー映画での白眉として広く知られることになった。

チケットを持たない群衆が押し寄せたために、このコンサートは途中から無料に変更され大赤字となったが、映画とサウンドトラック・レコードのヒットが結果的には巨額の収益をもたらした。その影響から全世界で野外ロック・フェスティバルが競って行われるようになり、ロック音楽がメディアと大衆を動員する一大産業と化していったのである。

ウッドストックは、つまりロックの幻想の理想がクライマックスに達し、同時に巨大な市場原理に呑み込まれていく端緒となった、その断層を象徴している。

リュウたちが行った日比谷野外音楽堂のコンサートも、日本に波及したロック・フェスティバルの表れだったはずだが、ここでの彼らは、それをすでにマンネリ化した残骸のように眺めながら、それに代わる理想も目標も見いだせないでいる。

『限りなく透明に近いブルー』が世に出た七六年には、イーグルスの名曲「ホテル・カリフォルニア」が大ヒットしている。そこでホテルに囚われてしまった客たちに譬えて歌われているのは、この六九年をピークとするロック・スピリットの幻想にとり憑かれたまま、外の世界へ立ち去れなくなった哀れな人間たちの姿だった。最後のフレーズはこう歌う。"You can check out anytime you like... but you can never leave" 作品内のリュウもまた「ホテル・カリフォルニア」の客のように、終わってしまったはずの世界に囚われたまま抜け出られない客のようだ。

しかし、「僕」の内部でいったい「音楽」はいつ、どうして終わったのだろうか。

3

まさに「ウッドストック」の年、一九六九年の青春時代を描いている『69 sixty nine』での「僕」は、佐世保北高の三年生になったばかりの「ケン」と呼ばれる矢崎剣介だ。佐世保市内随一の進学校である北高で、海外の先端の曲を演奏するバンドのドラマーとして、また三派系全学連の佐世保闘争を題材にした演劇を企てた新聞部の変わり者として知られている彼だが、成績は進級につれてどんどん下降している。

そんなケンが、友人に「フェスティバル」をやりたいと打ち明ける。


岩瀬といつもフェスティバルについて夢を語り合った。僕も岩瀬も『美術手帖』と『ニューミュージック・マガジン』の愛読者だったので、それらに載っているロックフェスやハプニング主体のフェスティバルに憧れていた。ロックフェスにもハプニングにも共通してあったのは女の裸だった。二人共そんなことは口に出して言わなかったが考えてることは同じだった。


この小説は十七歳の自分のことを、三十二歳になった「僕」が語るという設定になっている。つまり語り手は一九八四年にいるわけで、じっさいこの作品は八四年七月号から雑誌「MORE」に四回連載された。

ケンの抱く「フェスティバル」の「夢」は限りなく卑小で、底抜けに楽天的だ。それは彼らがまだ幼稚だったからだけではなく、八〇年代を生きている語り手が十五年前の青春時代を故意におバカっぽく戯画化しているからでもある。

ケンが突然「バリケード封鎖をやろう」と言い出すのも、憧れの「レディ・ジェーン」こと松井和子に「テレビなんかでさ、よう学生のデモとかバリケードとかあるやろ？　うち、全然違う世界て思うばってん、わかるごたる気もする」と言われたからだった。

しかしそんな「僕」が、本気で憎み嫌っているものがある。「僕」が童貞喪失のための博多への冒険に出た顚末を語った一部に、それを見出すことができる。

新宿西口のフォーク集会が報道されるので、九州でもフォークをやる連中が増えつつあった。ポツリ、ポツリと人が集まり始めた。やはりフォーク集会だったのだ。（中略）看板には、主催・福岡べ平連、と書いてあった。僕はフォークが嫌いだった。べ平連も嫌いだった。基地の街に住む者は、アメリカがどれだけ強くて金持ちかよく知っている。ファントムの爆音を毎日聞いている高校生は、弱々しいフォークソングなんか屁以下だと知っているのだ。だから手拍子が始まった時も、僕は、アホが、と呟いて、遠くで見ていた。

この記述に続いて、中学生のときラブレターを貰ったことのある真面目な同級生マスダチヨ子が、高校生になったある日、黒人兵と腕を組んで歩く「パンパン」になっていたのを目撃したくだりが出てくる。自宅の隣にも「パンパン」が住んでいて、彼女たちが米兵とセックスするのを何度も覗《のぞ》いたことがあったと告白されてもいる。

このべ平連的&反戦フォーク的なものと「パンパン」に関する見解は、たびたび村上龍のエッセイに変奏して述べられている。二つのサンプルを並べてみよう。

エンタープライズ寄港の時、どの革新政党、どのセクトのシュプレヒコールより、飛行甲板でエンジンテストをするファントムの爆音の方が大きかった。

私は、自分の町の普通の家で（特殊な外国人居留区ではなく）、占領軍（駐留軍）の兵隊と自国の女が性交するのを盗み見た初めての世代なのである。恐らく有史以来（日本国誕生以来）、初めての世代なのだ。

（いずれも『アメリカン★ドリーム』）

この「占領」の実態を否応なく自覚させられた「世代」の意識が、『69』の一見軽薄そうな「僕」の内部には浸透しているのである。

『69』は牧歌的な高校時代の友情を描いているように見えるが、ケンは周囲の一般の生徒からは明らかに浮いた存在である。一目置かれている、といえば聞こえはよいが、自分たちとは違う人間という恐れとともに、遠巻きに眺められているといっていい。そしてケン自身もまた、腐った大人の教師に対する反発にとどまらず、周囲の従順な生徒たちにも反感を向けている。ケンが友人たちを唆して実行したバリケード封鎖の際に、それがはっきり表れている。

深夜忍び込んだ高校のあちこちにペンキでメッセージを書いたのち、彼は「反権力組織『跋折《ばさ》羅《ら》団』」名で犯行声明をメディアに電話で告げた。大騒ぎになった翌朝、素知らぬ顔で学校に出た彼は、母校の名誉が汚されたことに憤る生徒に出会う。

「ヤザキ、お前じゃなかやろうね、え？　お前はしとらんやろうね、お前がしたとやなかやろね、北高生が北高ば汚すて考えきらんばってん、ヤザキ、答えろ、答えろ、答えろ、しとらんやろね、答えろ、ちゃんと答えろ」

（中略）メガネでチビで出歯で十七歳のくせに白髪のある生徒会書記長、お前は母校の玄関に落書きされたくらいで泣くのか？　この高校はお前の神殿か？　だがこのての人間が恐いのだ。ものごとを信じやすい。朝鮮や中国で虐殺や拷問や強姦をしたのはこのての人間だ。このての人間は落書きで泣くが、中学同級生の女の子が卒業と同時に黒人のちんちんをしゃぶることには心が動かない。

この「メガネでチビで出歯」の生徒会書記長に、「日本人」のイメージ――それも西洋人の描く日本人のステレオタイプが塗り付けられていることは間違いない。地方の高校で受験勉強にいそしみ、ちっぽけな愛校心や正義感を信じて疑わない彼の惨めさに、ケンは嫌悪と軽蔑を隠せない。それは彼が、大多数の日本人の一人だからであり、つまり強大なアメリカに「占領」されながら目先の日常に埋没している惨めな自国民の姿であり、その中にケン自身も含まれている巨大な鏡像だからなのだ。

前述したように、この作品には「フェスティバル」も「レッド・ツェッペリン」も「反権力」も、当時の十七歳を魅了したあらゆる名前や概念が網羅されている。だがそれらからは、見事なくらい思想も精神も抜けおちている。口にする前衛思想も革命理念も中身を伴わない憧れだけの言葉であり、友人に張り合い女子にモテたいためのコケ威しであり、東京の大学生やインテリの幼い模倣でしかない。

「……というのは嘘で」というフレーズが『69』には頻出する。誇示するような文学的な表現を並べたてたあとにこのフレーズが接続し、じつは愚かしく滑稽な実情を打ち明けるのである。口先と愚行との、言葉と空虚との滑稽な落差を際立たせるのに十分なその転倒を右の場面に当てはめてみると、書記長の生真面目な正義感と同級生の女の子が「黒人のちんちんをしゃぶる」現実の落差と相似形である。小さな「嘘」をついてはたちどころに告白するのが習い性のケンであるが、大きな嘘は許せないのだ。

しかしその「大きな嘘」は、「福岡べ平連」の反戦フォークだけでなく、ケンの「バリケード封鎖」を、そして日本のロックと学生の革命運動を、アメリカの占領状態を一ミリも動かせない無力な現実とともに映し出すはずである。

底抜けに明るく、深刻に悩んだりしないケンだが、じつは彼の内部にはその明るさが転倒した巨大な空洞が宿されていたといわなければならない。

アメリカの占領状態にある限り、この国で口にされるどんな立派な言葉もヒロイックな行動も「大きな嘘」に支えられているということを、ケンは知ってしまった人間なのである。たとえ高校卒業後に彼が上京したとしても、さらに「ロックとファックの時代」の中心に参入したとしても、地方から憧れていたものに近づけば近づくほど、その「大きな嘘」は寒々と、黒々と膨れあがり、彼を白けさせることだろう。憧れを死なせることだろう。

福岡べ平連の集会を「アホが」と罵る「僕＝ケン」と、日比谷野外音楽堂のロックコンサートを冷淡に眺め、日本女性を黒人兵とのセックス相手に斡旋する「僕＝リュウ」は、十七歳と十九歳の、佐世保と福生の差異を超えて、同じものに向き合っている。

圧倒的に強大な占領国の不吉で不快な、それを無視して撒き散らされるあらゆる言説を死なせてしまう黒い影だ。

4

ふたたび群像新人文学賞の選評の話題に戻ると、選考委員の一人、井上光晴は次のように述べている。

セックスに限らず、われわれはすべての現象や観念を主題に、自由に選ぶことができるが、それをどのように精密に描写し得ても、人間の心にとって、プラスにもマイナスにも響かなければ、しょせんそれはそれだけの絵柄に過ぎない。

その意味で『限りなく透明に近いブルー』は、なお危険な爆薬が足りないのではないかと思う。日常に癒着した性を根底からゆさぶるには、作者にそれを目差す強靭な姿勢がなければなるまい。

『限りなく透明に近いブルー』を鋭く批判しているこの評は、ある意味で正鵠を射ている。精密な描写が現前していても、日常を揺さぶる「危険な爆薬」がない――。つまり井上は、この作品の描写には日常への反逆の核となる「強靭な姿勢」が、いいかえれば思想や理念が欠如していると指摘しているのである。なるほどリュウである「僕」は、あまりにも無気力で、自分の置かれた状況に根本的な疑問を抱くことも抵抗することもなく、平然と座視しているように思える。

前衛政党の矛盾を暴き、部落差別や民族差別の闇に果敢に切り込んだこの戦後作家にとって、この作品はただ虚無的な日常とセックスを描写することに淫した文学と見えたはずだ。しかしその評はある意味で、思想も理念もあらかじめ失われて空っぽのカメラと化しているこの作品の語りの本質を、正確に言い当てているのだ。

誰かあたいをやってよ、早くやってよ。そう英語で叫んだケイに、黒い腕が何本も伸びてソファに引き倒しスリップを破り、小さくなった黒い半透明の布はクルクル舞って落ちてくる。ねえ蝶々みたいねえ。その一枚を取って、レイ子はそう言い、ダーハムのペニスにバターを塗り付けている。ボブがケイの股に叫び声をあげて手を突っ込んでから、部屋は悲鳴とかん高い笑い声に包まれた。

部屋のあちこちでからだをくねらせる三人の日本人の女を見ながら、僕はペパミントワインを飲み、蜂蜜を塗ったクラッカーを食べる。

米兵たちに弄ばれるケイとモコとレイ子を、「僕」は「三人の日本人の女」と呼んでいる。「占領軍（駐留軍）の兵隊と自国の女が性交するのを盗み見」ている「僕」には、米兵への憎しみも、彼女たちへの憐憫もない。後ろめたさも葛藤もない。ただ彼は眼をレンズのように開いて、全てを見ているだけだ。

このセックスシーンの描写は、のちの『トパーズ』を思わせる。ＳＭクラブで客の倒錯的な要求に従い、おぞましい行為をさせられる女性たちの視野もまた、カオス状態に陥りながらこれと同じ無感動な平静さを帯びていた。つまり「人形」のように（『トパーズ』の女性は客から「お前は虫だ」と呼ばれた）凌辱され弄ばれる客体になりきった意識のあり方において、両者は共通している。

そこには自我がない。精神がない。それらが存続していられる居場所など、もともとないのだ。

そんな「僕」の視線を、彼がしばしば訪ねていく年上のリリーは「小さな子供みたい」と評している。「あなた何かを見よう見ようってしてるのよ、まるで記録しておいて後でその研究する学者みたいにさあ。小さな子供みたいに」といったあと、さらに彼女は「リュウ、ねえ、赤ちゃんみたいに物を見ちゃだめよ」と忠告する。

しかしリュウが最も心静かに「赤ちゃんみたいに物を見」ているのは、リリーの部屋においてである。そこは、彼のアパートにたむろする仲間たちの乱痴気騒ぎや痴話喧嘩から逃れて、素の自分に戻り心を休めることができる唯一の場所である。

雨が降っているのだろうか。窓から見える外の景色は乳色に煙っている。玄関のドアが少し開いているのに気付いた。きのうは二人共酔っていたので閉め忘れて寝てしまったのかも知れない。ハイヒールの片方が台所の床に転がっている。尖っている踵は横に突き出て、足先を包む硬い革の曲線は女の一部分のように滑らかだ。

ここから見える外に通じるドアの狭い隙間に、リリーの黄色いフォルクスワーゲンが停まっている。車体に鳥肌のような雨粒がつき、重くなった水玉が冬の虫みたいにゆっくりと下へ垂れていく。

人が影のように通り過ぎる。自転車を押した青い制服の郵便配達夫が、鞄を下げた数人の小学生が、グレートデンを連れた背の高いアメリカ人が、狭い隙間を通り過ぎる。


リリーが隣でまだ眠っている朝に一人目覚めたリュウが、横たわったまま開いた眼で視野をなぞっているこの美しい描写は、先ほどのセックス場面と本質的に異なるところはない。対象はどこまでも距離を保ち、彼を侵食しない清潔な対象でありつづけている。まさにこの描写は、乳母車のなかから覆いで限られた視野に現れる世界を無心に眺めつづける「赤ちゃんみたいに物を見」ている視線に近い。狭い室内とわずかな「隙間」だけから世界は輪郭と肌理《きめ》をくっきり露わにして、彼の目に冴え冴えと映る。

しかし、そんなリュウがカメラのような視線の傍ら、頭の中で見つづけているものがある。「宮殿」あるいは「都市」である。

リリーとの会話でリュウは頭のなかの「宮殿」について説明する。ドライブ中に見た風景を頭の中で記憶と混ぜ合わせて「記念写真みたいな情景」をまず作り上げる。次には、目に飛び込んでくるものを次々とその写真に加えていって、写真のなかの人間たちを動かす。そんな「宮殿」を、あらゆるものが揃っている遊園地のように眺めながら楽しむというのである。

ところが彼は、九州の有名な活火山の噴火口を見に行ったとき、急にその宮殿を爆発させたくなるのだ。

戦争さ、リリー、宮殿がやられるんだ。医者が駆け回り軍隊が道を指示するけどもうどうしようもないんだ、足元が吹っ飛ぶんだ、もう戦争は起こったんだから俺が起こしたんだから、あっという間に廃墟だよ。

俺がかってに作った宮殿なんだから別にどうなったっていいからな、いつもこんな風にね、俺はやってきたのさ、ドライブの時ね、だから雨の日に外を見ておくと役に立つんだ。

この前さあ、ジャクソン達と河口湖行った時ね、俺LSDやってたんだけど、その時また宮殿作ろうとしたらさ、今度は宮殿じゃなくて都市になったんだ、都市さ。

道路が何本も走って、公園や学校や教会や広場や無線塔や工場や港や駅や市場や動物園や役所や屠畜場がある都市さ。その都市に住んでいる一人一人の顔付きや血液型まで決めたよ。

小さな子供は砂場遊びでしばしば、せっかく作りあげた幻視の都市を、完成と同時にめちゃくちゃに破壊する。それと同じ衝動に彼は駆られているのだろうか。おそらくリリーにはそう見えているに違いない。

リュウがここで説明している「都市」は、ほぼそのまま第二作の『海の向こうで戦争が始まる』で再建されることになる。そしてその海辺の都市もまた、祭の日に悪夢のようなカタストロフィーに襲われる。その情景を、海を隔てたホテルのビーチで「僕」と女が幻視するのである。

雨の日に外の情景を水滴ひとつも見逃さずに無心に眺める彼の視線と、頭のなかのやみくもな建築と破壊の幻視。日常と破壊——。この両者は、じつは相補的である。頭のなかの自我も精神も失われているからこそ、日常へのネオレアリズモ的な冷静な視線がもたらされるし、何を見ても何も感じない退屈に閉塞しているからこそ、全てを破壊したい衝動に駆られるのである。

その対比に、敗戦から三十年のあいだに目覚ましい経済成長を遂げ、あらゆるものが揃っている都市を築いてきた日本の一見平和な日常と、その日本国内の基地を橋頭堡として米軍が朝鮮半島で、ベトナムで続けてきた戦争との対比が重なって見える。

少なくともリュウにこれほど幻視を詳細に語らせた作者には、明らかにその意図があったといわざるをえない。宮殿と都市に関するリュウの語りのあと、リリーの運転で二人は土砂降りの雨のなかを無謀な深夜ドライブに発つ。メスカリンがもたらす酩酊と幻想に包まれた彼らが辿り着くのは、横田基地の鉄条網であり、炎を吐く飛行機の姿である。


ゆっくりと滑走路を滑り始めた。地面が震えている。銀色の巨大な金属は徐々にスピードを増す。ピッチの高い音で空気が燃えているように感じる。僕達のすぐ前で胴体の脇に付いたさらに巨大な四機の筒が青い炎を吐いた。重油の匂いと共に突風が僕を吹き飛ばす。

顔が歪み、地面に叩きつけられる。霞んだ目で僕は必死で見ようとする。飛行機は白い腹が浮いたかと思うと、あっという間に雲の中に吸い込まれた。

リリーが僕を見ている。歯の間に白い泡を溜めて、口の中を噛んだらしく血が流れている。

ねえリュウ、都市はどうなったの？


そう問われてリュウは気づく。「都市なんかどこにもない」と。

佐世保の街に響くシュプレヒコールをなぎ消したファントムの爆音が、福生でリフレインする。音楽の火は吹き消され、宮殿あるいは都市は跡形もない。「都市」を平和な繁栄と呼びかえてみると、彼がここで気づいたものの正体が、もっとはっきり浮かび上がる。十七歳の「僕」にすでに芽生え、十九歳の「僕」が直面したもの、彼の「音楽」を死なせたもの――。

それは、「戦争」である。

5

占領状態を表す基地《ベース》の街で育ったことが『限りなく透明に近いブルー』に留まらず、村上龍の文学の基盤《ベース》となっていることは間違いない。しかし彼はたんにアメリカの支配下にある戦後日本を告発しているのではない。彼が書こうとしたのは「戦後」ではなく、「戦後」という認識によって視えなくなっている「戦争」なのである。

世界の各地でたえず起きている紛争のことではなく、GDPに占める軍事費のことでもなく、ましてや詩的なメタファーでもなく、リュウの部屋の腐ったパイナップルの臭気のように私たちを取り囲み侵食している「戦争」、しかし経済成長と自民党の長期安定政権で弛緩した日常生活に覆い隠された「戦争」、そしてしらずしらず私たちを「幸福な奴隷」に、「人形」にしている「戦争」――。

『コインロッカー・ベイビーズ』(一九八〇)、『愛と幻想のファシズム』(八七)、『五分後の世界』(九四)、『昭和歌謡大全集』(九四)、『イン ザ・ミソスープ』(九七)、『希望の国のエクソダス』（二〇〇〇）、『半島を出よ』（〇五）、『オールド・テロリスト』（一五）——、村上龍の代表作を辿っていくと、ほとんど全てといってよいほど反乱、暴動、殺戮、つまり戦争が描かれている。いずれも戦時下の時代が舞台になっているのではなく、平和に安住した日常がまずあり、それが予期せぬ事態で否応なく「戦争」状態に巻き込まれていくのだ。敵対国や好戦的な集団によって外から理不尽にもたらされるのではなく、日常そのものの内部の病巣からおのずと増殖して湧き起こるように「戦争」は姿を現す。

砲弾やミサイルが飛び交う戦争だけではない。いびつな性愛や家族関係の抑圧との戦いを個々の肉弾戦と考えるなら、『トパーズ』（八八）、『コックサッカーブルース』（九一）、『イビサ』（九二）、『エクスタシー』（九三）や『ピアッシング』（九四）、『共生虫』（二〇〇〇）に描かれているのも十分「戦争」たりうるだろう。

あらゆるところに「戦争」を見出し、発動させ起爆させていく村上龍の小説にとって、「戦争」は決して物語の目的ではない。停滞した日常の営みをバラバラにほどきクリアに眺めなおさせるフィルターであり、同時に固着した認識を幻想の原野へさまよい出させる契機である。死の恐怖を顕在化し、それによって各々の剝きだしの生の輪郭を際立たせる一種の機械である。

ジル・ドゥルーズとフェリックス・ガタリは一九八〇年刊行の共著『千のプラトー』で、農耕民族的な定住型市民社会が作り上げた国家システムに対して、狩猟民あるいは遊牧民の営む非中心的なネットワーク状のシステムを「戦争機械」と名付けた。たとえばのちの『愛と幻想のファシズム』では、日本人の農耕民族的メンタリティを軽蔑し、狩猟民族の精神を取り戻そうと呼びかける政治結社の反乱が描かれているが、明らかにそれは『千のプラトー』の影響だろうと推測できる。

ニューアカデミズムが流行した八〇年代以降、村上龍も多くを学習したことは確かだ。しかし『限りなく透明に近いブルー』は、『千のプラトー』よりも四年早く「戦争機械」の萌芽を見出しているのである。それどころか、「建築と料理は国家装置と親和的であり、音楽と麻薬には戦争機械の方に位置づけられていい差異的特徴がある」(田中敏彦訳)という同書の指摘を、不気味なほど先取りしていたとも見える。

だが、『限りなく透明に近いブルー』が描いていた「戦争」は、作者自身もまだ見通せない「戦争」のイメージを孕んでいる。それは「戦争機械」よりむしろ、かつて石原莞爾の唱えた「最終戦争」を思い出させる。

「最終戦争」とは、満州事変から満州国建国までの作戦指揮にあたった石原莞爾が提唱していた未来の戦争観である。石原は世界の勢力が覇を競う戦争が続いた末に、最終的な決戦は東亜とアメリカとの戦いになると予想する。それはもはや近代戦争が行ってきた持久戦争ではなく、世界を無着陸で何周もできるような航空力と、一夜にして主要都市を殲滅《せんめつ》できるような新兵器によって勝負が決する。発達した戦争の極限に達したこの決戦戦争によって、戦争も国家の対立もなくなる。勝者によって世界は統一され全世界的な平和を実現することができる。その勝者に日本はならなければならない、と説くのだ。

音速ジェット機や軍事衛星、核兵器さえ予見しているかのようなこの「最終戦争」論で、日本こそ覇者たるべしと石原が信じるのは、じつは晩年の日蓮が日本によって大戦争ののち世界統一が果たされると予言していたとする独自の信仰に基づいた未来図に他ならない。それはちょうど仏滅から二千五百年後のことだと石原はいう。

この最終戦争の期間はどのくらい続くだろうか。これはまた更に空想が大きくなるのでありますが、例えば東亜と米州とで決戦をやると仮定すれば、始まったら極めて短期間で片付きます。しかし準決勝で両集団が残ったのでありますが、他にまだ沢山の相当な国々があるのですから、本当に余震が鎮静して戦争がなくなり人類の前史が終るまで、即ち最終戦争の時代は二十年見当であろう。言い換えれば今から三十年内外で人類の最後の決勝戦の時期に入り、五十年以内に世界が一つになるだろう。こういうふうに私は算盤を弾いた次第であります。

（『最終戦争論』）

日蓮の予言解釈はともかく、石原の「最終戦争」の予言はかなり中《あた》っている。その勝者がアメリカになったという点を除いて――。

私が『限りなく透明に近いブルー』のイメージする戦争から石原の「最終戦争」を思い出すと述べたのは、まさに「最終戦争」の敗者となった日本が舞台となっているからである。「最終戦争」によってグローバルな支配者となったアメリカの、軍事力の傘のもとで営まれる「戦後」の日本の繁栄と平和――。その欺瞞と堕落と無力を腐ったパイナップルに象徴させるこの作品にとって、戦争は過去に終わったものではありえない。「最終戦争」のあと永久に続く支配された平和とは、つまるところ「永久戦争」に他ならないのである。

「戦後文学」との決定的な亀裂を、このデビュー作が宿していたことは明らかである。一九四〇年の石原が「算盤」で弾いた「今から三十年内外で人類の最後の決勝戦の時期」を、まさに「僕」は生きているのだ。

作品中、リュウの語る「都市」幻想と並ぶ曖昧な、分かりにくい表象として、「黒い鳥」が出てくる。

二回目のパーティのオスカーの部屋に集まる前に、リュウのところへ「グリーンアイズ」というニックネームの黒人が怯えた顔でやってくる。ジャクソンによれば、彼はずっと前から日本にいる古株で「狂ってる」らしい。そのグリーンアイズがリュウに告げる。「いつか君にも黒い鳥が見えるさ、まだ見てないんだろう、君は、黒い鳥を見れるよ、そういう目をしてる、俺と同じさ、そう言って僕の手を握った」。

この「黒い鳥」が、終盤のリリーの部屋にいるリュウの頭のなかに、再び現れる。

この部屋の外で、あの窓の向こうで、黒い巨大な鳥が飛んでいるのかも知れない。黒い夜そのもののような巨大な鳥、いつも見る灰色でパン屑を啄む鳥と同じように空を舞っている黒い鳥、ただあまり巨大なため、嘴にあいた穴が洞窟のように窓の向こう側で見えるだけで、その全体を見ることはできないのだろう。

クリアな視線をいつも確保できるリリーの部屋で、リリーとの決裂をこの幻視は彼にもたらす。彼はもう透明な視線を持つことはできないだろう。

彼は叫ぶ。「鳥は殺さなきゃだめなんだ、鳥を殺さなきゃ俺は俺のことがわからなくなるんだ、鳥は邪魔してるよ、俺が見ようとする物を俺から隠してるんだ。俺は鳥を殺すよ、リリー、鳥を殺さなきゃ俺が殺されるよ。リリー、どこにいるんだ、一緒に鳥を殺してくれ、リリー、何も見えないよリリー、何も見えないんだ」

「限りなく透明に近い」彼の視線は、もはや決して「透明」には届かない。目を向けるあらゆる世界を、巨大な「黒い鳥」の影が覆い隠していると気づいたからだ。

そこから村上龍の「永久戦争」は誕生した。

永続する反乱と暴動と戦闘が、そのときから始まったのだ。

第2章

書くという罪と、書かれない罪
——村上春樹『風の歌を聴け』

1

一九七九年に群像新人文学賞を受賞して出現した村上春樹のデビュー作が、当時どんなふうに異彩を放ったかを正確に思い出すことが、今ではけっこう難しくなってしまった。その後の日本小説において、このようなポップカルチャーをベースとした語り口がすっかり当たり前のように浸透し定着してしまったからである。

日本人の会話らしくないアメリカ映画のセリフのような会話といい、やけに冷淡に澄ました「僕」の皮肉な述懐ぶりといい、アラビア数字の表記やイラストの挿入といい、文学的というより映画的ないし雑誌のコラム的であり、都会的でクールではある。

だが新人文学賞を受賞した小説としては、ひどく奇妙だった。

どんなに現代的に装われていようとそれまでの小説に染みついていた日本人の暮らしの気配――畳や味噌汁や演歌につながる日本的なにおいを、この小説は完全に脱臭していた。代わりにフローリングの部屋とシャワーが、コーヒーとビールが、ジャズとポップスが、方言まじりの土着の日本的な生活感を真新しい壁紙のようにきれいに覆い隠していた。いわば古い日本家屋が立ち並ぶ集落のただなかに、突然おしゃれでハイカラな洋館にリフォームされた一軒が出現したようなものだったわけだが、当然それは目を引く奇抜さとともに、拭いがたい違和感も伴った。

つまり日本小説が暗黙のルールとして受け継いできた様式や作法を、平然と無視し、無造作に切断するようにこの作品は現れたのである。いいかえれば「日本小説」の伝統はおろか、「日本人」らしさにすら慮《おもんぱか》ることなく、自由に小説を書いてよい道がこのあと出来上がったといえる。その一面だけを極論するなら、たとえば小川洋子も伊坂幸太郎も、ライトノベルさえも、〝ハルキ以後〟の文脈でなければ存在しえなかったかもしれない。

しかし、そんな積極的な位置づけが同時代から速やかに認められたわけではなかったし、村上春樹の文学的価値じたいを認めないという評者は今日でも少なくない。

この小説の特異性は、まずアメリカの戦後小説――とりわけカート・ヴォネガットの影響下から生まれた青春小説として理解された。そのことは今日に至るまで、共感する立場も批判する立場も含めて、初期作品受容の定石となっている。

たとえば発表されてから逸早くこの作品を批評した川本三郎は、次のように書いている。

選者の丸谷才一が指摘しているようにこの『風の声《ママ》を聴け』は、カート・ボネガット（最近、ジュニアがとれた）の影響が実に強く感じられ、ボネガット・ファンの一人である私などは〝ああ、同じようなボネガット育ちがいるのだなあ〟とそのことにまず共感した。

架空の作家デレク・ハートフィールドの設定など、『ローズウォーターさん、あなたに神のお恵みを』の架空のSF作家キルゴア・トラウトを思い出させるし、「そういうことだ」「それだけだ」「そんなわけで鼠の父親は金持になった」「そんな風にして僕たちは友だちになった」というブッキラボウの結論・断定は、『屠殺場5号』の「そういうわけだ（“So it goes”）」を知っているものならニヤッとうれしくなるところだ。

（「二つの『青春小説』――村上春樹と立松和平」、「カイエ」一九七九年六月号）

「ボネガット育ち」同士の共感からニヤッとする読者と同時に、ただの模倣じゃないかと立腹する読者の双方が、ここから生まれることになるだろう。その点で『風の歌を聴け』は、アメリカ現代小説に親しい読者であればあるほど、評価が両極端に分かれるリスクを潜めていたことになる。この作品と『1973年のピンボール』の英訳が、作者の意向で日本国外では出版されていないという事情は、そのあたりと無関係ではあるまい（その後二〇一五年八月に、英訳がようやく出版された）。

とはいえ、アメリカ小説を移し替えたポップカルチャー小説としては、『風の歌を聴け』の発表よりちょうど十年前に、サリンジャーの『ライ麦畑でつかまえて』の饒舌文体を手本にしたかのような庄司薫の『赤頭巾ちゃん気をつけて』が出現していた。庄司はこの作品で芥川賞を受賞し、続けざまに『さよなら快傑黒頭巾』『白鳥の歌なんか聞えない』『ぼくの大好きな青髭』のシリーズを書いたのち、一九七八年以降はぱたりと小説を発表しなくなった。たとえば村上の近作の『色彩を持たない多崎つくると、彼の巡礼の年』で、赤、青、白、黒のニックネームを持つ人物が登場していることを引き合いに出して、彼が庄司の作品に敬意を表したなどと憶測する見方もあるようだが、少なくとも村上のデビューが、あたかも沈黙に入った庄司と交代するようなタイミングであったことは確かだ。

さらに一九七五年には、ハワイ移民の日系二世の息子である片岡義男が『スローなブギにしてくれ』で野性時代新人賞を受賞して、人気作家に躍り出ている。クールで簡素な文体は、サリンジャー風の庄司薫より、むしろ村上春樹に近い。片岡は小説デビュー前から七四年創刊の雑誌「宝島」の編集長を務め、植草甚一などとともにアメリカ文化や音楽を論じるコラムニスト、評論家として活躍していた。そして植草は六〇年代後半からアメリカの新聞雑誌の記事や音楽シーンの情報をマニアックに紹介して、そのライフスタイルも併せて若者のあいだにカリスマ的なブームを巻き起こしていた。植草が亡くなったのは、奇しくも村上のデビューの年である。

つまりアメリカの小説とサブカルチャーの影響は、すでに六〇／七〇年代を通じて十分すぎるほど浸透していた。その素地のうえに、むしろ遅ればせに村上春樹は現れたのである。

しかし川本も名前を挙げている群像新人文学賞の選考委員の一人、丸谷才一が、選評において指摘したのは、現代アメリカ小説やサブカルチャーの影響だけではなかった。


村上春樹さんの『風の歌を聴け』は現代アメリカ小説の強い影響の下に出来あがつたものです。カート・ヴォネガットとか、ブローティガンとか、そのへんの作風を非常に熱心に学んでゐる。その勉強ぶりは大変なもので、よほどの才能の持主でなければこれだけ学び取ることはできません。昔ふうのリアリズム小説から抜け出さうとして抜け出せないのは、今の日本の小説の一般的な傾向ですが、たとへ外国のお手本があるとはいへ、これだけ自在にそして巧妙にリアリズムから離れたのは、注目すべき成果と言っていいでせう。

（「新しいアメリカ小説の影響」）

つまり丸谷は、作者が現代アメリカ小説を「お手本」にしていることを理解の入り口にした上で、それを足場に日本文学の「昔ふうのリアリズム小説」の殻を脱するのに成功したことを評価しているのである。

『風の歌を聴け』はその年の第八十一回芥川賞の候補作となったが、受賞しなかった。大方の選考委員から黙殺されたなか、群像新人文学賞と選考委員が重複していた丸谷才一が推薦した他には、遠藤周作が次のように述べている。

（……）憎いほど計算した小説である。しかし、この小説は反小説の小説と言うべきであろう。そして氏が小説のなかからすべての意味をとり去る現在流行の手法がうまければうまいほど私には「本当にそんなに簡単に意味をとっていいのか」という気持にならざるをえなかった。

フランス文学者でもある遠藤は、ここでアラン・ロブ＝グリエやナタリー・サロートの仕事に代表される「アンチロマン（反小説）」と絡めて理解しているが、「小説のなかからすべての意味をとり去る現在流行の手法」という解釈は、先に紹介した丸谷才一の「自在にそして巧妙にリアリズムから離れた」という評価を、別の角度から照らしているといっていい。

のちまで村上春樹の評価を二分する要素が、すでにここにもあることになる。同じように現代アメリカ小説を文体の「お手本」とした『赤頭巾ちゃん気をつけて』や『スローなブギにしてくれ』が驚くほどすんなり受け入れられたのに比べると、評価の分かれた『風の歌を聴け』の特異性は、むしろこの「反リアリズム」「反小説」的要素にあったといわなければならない。

だとすれば「リアリズムから離れ」、あるいは「すべての意味をとり去る」どのような必然性が、この小説にはあったのだろうか。

2

だれもが知るように『風の歌を聴け』は二十九歳になった「僕」が語る、二十一歳の一九七〇年八月の帰省先での十八日間の物語であるが、現行の文庫本でいえば百五十ページ余りの分量が、「1」から「40」の断章からなっている。時系列に沿って読めるのは、せいぜい「僕」と「鼠」の付き合いと、「小指のない女の子」との気まずい出会いと淡い交友があるだけで、その両方においても決定的な事は何も起こらないまま彼は東京へ帰る。「僕」は親友「鼠」のことをもっぱら語り、自分の過去は小出しにしながら一度もまともに明かさない。結局何を書こうとしている小説なのか、手がかりが見つけにくく読み終わっても茫漠としている。

並行して語られる「鼠」と「小指のない女の子」の部分だけは、時系列に沿ったプロットが構成されているものの、それ以外は一見文脈の切断されたメモや回想や挿話の断片ばかりである。

もちろんこうした断章形式もまた、ヴォネガットやブローティガンの「お手本」に倣っていると言い捨てることはできる。しかし模倣を様式的な入口に指摘することはできても、これらの断章が何のために書かれているのかという出口は何も理解できない。

ジグソーパズルのように全体から細分化された、つまり元の全体に復元可能な部分としての断片ではなく、それらは故意に文脈を切断されランダムにばらまかれたような断片である。「小説」というより、あたかもそれはナイーブな未完成の習作のように——さらにいえば、気ままに書きつけられた創作ノートそのもののように見えるのだ。

そもそも『風の歌を聴け』は、まったく小説らしくない叙述から始まる。すなわち文章を書くことをめぐる長年のジレンマが、二十九歳になった「僕」によって告白されているのである。

これじたいが二百枚以上もの原稿用紙を文章で埋めた小説であるにもかかわらず、文章を書くことが自分にとっていかに困難だったかという悩みの記述から始まるとは、思えばずいぶん奇妙である。

未熟な書き手の小説では、序章のように勿体ぶった観念的な述懐や、詩的な一節が冒頭に置かれることが少なくない。たいていの場合は削ったほうがよい無駄な装飾である。ジャズ喫茶のマスターが店を閉めたあとテーブルに原稿用紙を広げて書いていた新人賞への応募作なのだから、その程度のものと受け流すべきなのだろうか。

だがそれにしては、あまりにバランスを欠いた分量だ。物語が始まる「2」まで、現在刊行中の文庫本では七ページも、この自己省察は続くのである。

おまけに「僕」の悩みは、ずいぶん回りくどく、わかりづらい。

「完璧な文章などといったものは存在しない。完璧な絶望が存在しないようにね。」

僕が大学生のころ偶然に知り合ったある作家は僕に向ってそう言った。僕がその本当の意味を理解できたのはずっと後のことだったが、少くともそれをある種の慰めとしてとることも可能であった。完璧な文章なんて存在しない、と。

しかし、それでもやはり何かを書くという段になると、いつも絶望的な気分に襲われることになった。僕に書くことのできる領域はあまりにも限られたものだったからだ。例えば象について何かが書けたとしても、象使いについては何も書けないかもしれない。そういうことだ。

8年間、僕はそうしたジレンマを抱き続けた。——8年間。長い歳月だ。

「完璧な文章」を書けないという作家の卵らしい絶望から、ようやく書きはじめられるようになるまでに八年もの長期の修養を要した。——表面的に読めばそういう解釈もありうる。だが、「象について何かが書けたとしても、象使いについては何も書けないかもしれない」とは、いったいどういうことなのか。「そういうことだ」と簡単に「僕」は断定するが、容易には呑みこみがたい比喩である。

書けることと書けないこととの、「象」と「象使い」との隔絶が、ここでの「ジレンマ」だとすれば、二十九歳の「僕」はその溝を越えることができるようになったから、これを書けたのだろうか。

そうとは思えないのは、同じ「1」の中で「僕」が次のような「ノート」について語るからだ。

僕はノートのまん中に1本の線を引き、左側にその間に得たものを書き出し、右側に失ったものを書いた。失ったもの、踏みにじったもの、とっくに見捨ててしまったもの、犠牲にしたもの、裏切ったもの……僕はそれらを最後まで書き通すことはできなかった。

僕たちが認識しようと努めるものと、実際に認識するものの間には深い淵が横たわっている。どんな長いものさしをもってしてもその深さを測りきることはできない。僕がここに書きしめすことができるのは、ただのリストだ。小説でも文学でもなければ、芸術でもない。まん中に線が1本だけ引かれた一冊のただのノートだ。

さきほどこの作品が創作ノートそのもののように見えると私は述べたが、まさにこのテキストは「小説でも文学でもな」く「ただのリスト」、「ただのノート」なのだと「僕」はいう。左に得たもの、右に失ったものが書き並べられたリスト。書かれたものは左で、書けないもの、あるいは書かれないものは右。「象」が左なら、「象使い」は右側に置かれる。ONは左で、OFFは右。

こうしてみるとこの作品はなるほど、いたるところで有と無、ONとOFF、饒舌と無言の、対照リストから成り立っているような内容である。

「僕」の内部にこうした二つの側面が影を落とす契機となったエピソードが、「7」に出てくる。あまりに無口だった小さいころの「僕」が、心配した両親に連れられて精神科医の家にいったというエピソードだ。医師は言葉による意思の疎通が文明社会の基盤であることを「僕」に説明するにあたり、まず次のように断言する。

文明とは伝達である、と彼は言った。もし何かを表現できないなら、それは存在しないのも同じだ。いいかい、ゼロだ。（中略）
医者の言ったことは正しい。文明とは伝達である。表現し、伝達すべきことが失くなった時、文明は終る。パチン……ＯＦＦ。

まったく自らを疑っていないこの医師の「正しさ」が、「僕」の沈黙を原罪の宣告のように深く脅かしたことは間違いない。「僕」は物心がついたときに、まず「文明」にとって「存在しない」「ＯＦＦ」の側に立たされたことになる。

この断章がきわめて重要なのは、断片間の文脈のつながりを捕捉しにくいこの作品で、「ＯＦＦ」が希少なマイルストーンのように繰り返されていることからも想像できる。まずは「ポップス・テレフォン・リクエスト」のおしゃべりなＤＪの、マイクの「ＯＮ」と「ＯＦＦ」に、そしてもう一度は、デレク・ハートフィールドの短編「火星の井戸」の話の筋の紹介のなかである。潜っていた火星の井戸から抜け出てきた（そのあいだに十五億年の歳月が経っていた）青年に、風が囁く。「あと25万年で太陽は爆発するよ。パチン……ＯＦＦさ。25万年。たいした時間じゃないがね」。

ラジオのＤＪは空元気の饒舌を「犬の漫才師」と自嘲する。そして架空の作家ハートフィールドは、一九〇九年に始まりエンパイア・ステート・ビルからの投身自殺で終わる三八年までの二十九年の生涯に「膨大な作品」を書きながら、「ストーリーは出鱈目であり、テーマは稚拙だった」という「不毛な作家」と紹介されている。
空虚で不毛な饒舌と量産によって特徴づけられているこの二人は、「ON」の「文明」の不幸な代表といっていい。片方に沈黙の罪があるとすれば、もう一方には饒舌の罪がある。たんに「僕」が書けないジレンマをかかえ、失われたものたちとともに、無言の右側に立っているとすれば、彼らは精神科医と同じく、心中を理解してもらえない他者でしかないはずだ。しかしDJは、作品の終盤で十七歳の病身の少女の手紙を読んで涙を流し、「**僕は・君たちが・好きだ**」とポジティブな真心からのメッセージを発する。そしてハートフィールドは、「僕」が文章についての「殆んど全部」を学んだと心を寄せる作家でもある。「僕」の内部にはまさにリストの両側、ONとOFF、書けることと書けないこと、饒舌と沈黙の双方が、深い溝ごと織り込まれていると考えるべきである。
そのことを示すエピソードが「7」には続けて書かれている。

14歳になった春、信じられないことだが、まるで堰を切ったように僕は突然しゃべり始めた。何をしゃべったのかまるで覚えてはいないが、14年間のブランクを埋め合わせるかのように僕は三ヵ月かけてしゃべりまくり、7月の半ばにしゃべり終えると40度の熱を出して三日間学校を休んだ。熱が引いた後、僕は結局のところ無口でもおしゃべりでもない平凡な少年になっていた。

作中で一九四八年十二月二十四日が誕生日の「僕」が「14歳になった春」とは、彼が中学三年生になった春であり、ケネディー大統領が十一月に暗殺された一九六三年である。この年は作品内でいろいろな過去の結節点のようにたびたび話題に上っている。その重要なひとつは、「僕」がハートフィールドを知ったのが、三人いる叔父の一人から「中学三年生の夏休み」に最初の一冊を貰ってからと書かれていることだ。つまり「僕」のなかで饒舌が短期間に爆発したのち、中和されたような「無口でもおしゃべりでもない平凡な」時間は、ハートフィールドとともに訪れたのである。

書けない「僕」に対して、小説を書いているのが「鼠」である。二人は一見、リストの左右に分かれて立つ対照的な存在と見える。しかし会えば不敵にクールな警句を吐き散らしていた「鼠」は、いつのまにか親友にも打ち明けられない悩み、おそらくは切実な女性問題を抱えている。そのために「おそろしく本を読まない」男だった彼が、ヘンリー・ジェームズの「おそろしく長い小説」を読むようになったりしたのだ。

最後に会ったホテルのプールで、「鼠」は大学を中退したことを告げ、今後は小説を書きたいがまだ一行も書けない、と漏らしている。別れの日も会うことなく、「僕」はバーの店主ジェイにだけ挨拶して郷里を去っている。そののち二人は、『1973年のピンボール』でも『羊をめぐる冒険』でも、少なくとも作品内では生きて会うことがない。

〈書く―書けない〉のジレンマを宿痾《しゅくあ》のように潜めたこの作品において、「鼠」もまた、読むことに憑かれ、書きたいのに書けないというジレンマを抱えるようになった人なのである。まさにその症状が眼前で発症し進行するのを「僕」は眺めている。いわば「鼠」のありさまは、「僕」の語りがたいジレンマの分身であり、鏡像である。

3

そもそも「僕」はいつから「書けない」状態に陥ったのか。

二十九歳になる「僕」が「8年間」と冒頭で述べているから、その発端は二十一歳である。まさに『風の歌を聴け』の十八日間は、その直後、あるいはその症状が進行しつつあった当時だったのである。

その直接の原因が「三番目に寝た女の子」の突然の自殺にあったことは、間違いない。そして彼女の死こそは、この作品でたびたび遠まわしに触れられながら、決して直截に事情が説明されることのない、「僕」の沈黙の源であった。

僕が三番目に寝た女の子は、僕のペニスのことを「あなたのレーゾン・デートゥル」と呼んだ。

☆

僕は以前、人間の存在理由《レーゾン・デートゥル》をテーマにした短かい小説を書こうとしたことがある。結局小説は完成しなかったのだけれど、その間じゅう僕は人間のレーゾン・デートゥルについて考え続け、おかげで奇妙な性癖にとりつかれることになった。全ての物事を数値に置き換えずにはいられないという癖である。約8ヵ月間、僕はその衝動に追いまわされた。（中略）当時の記録によれば、1969年の8月15日から翌年の4月3日までの間に、僕は358回の講義に出席し、54回のセックスを行い、6921本の煙草を吸ったことになる。(中略)

そんなわけで、彼女の死を知らされた時、僕は6922本めの煙草を吸っていた。(23)

☆

曲者は、「翌年の4月3日」という表現である。つまり二十九歳の語り手は遠い過去のように語っているのだが、作品内の十八日間から見れば、それは「今年」であり、わずか四ヵ月前なのだ。「19」には「彼女の死体は新学期が始まるまで誰にも気づかれず、まるまる二週間風に吹かれてぶら下がっていた」とある。つまり「4月3日」に彼女の死が伝えられたのなら、彼女が自殺を決行したのは三月二十日あたりになる。

そして「21」には次のようなエピソードが、まるで本筋から逸れた無駄話のように置かれている。

三人目のガール・フレンドが死んだ半月後、僕はミシュレの「魔女」を読んでいた。優れた本だ。そこにこんな一節があった。

「ロレーヌ地方のすぐれた裁判官レミーは八百の魔女を焼いたが、この『恐怖政治』について勝ち誇っている。彼は言う、『わたしの正義はあまりにあまねきため、先日捕えられた十

六名はひとが手をくだすのを待たず、まずみずからくびれてしまったほどである。』」（篠田浩一郎・訳）

私の正義はあまりにあまねきため、というところがなんともいえず良い。

彼女の死の二週間後――「半月後」に「僕」がミシュレの『魔女』を読んでいたのは、すなわち「６９２２本めの煙草を吸っていた」のと同じ場面でなければならない。『魔女』の文中に「まずみずからくびれてしまった」というフレーズが出ているのは、両者を結び付ける不吉なサインである。

「僕」は「三番目に寝た女の子」と大学三年時に図書館で知り合ったが、およそ八ヵ月の間に「54回のセックス」を繰り返し、ペニスを「レーゾン・デートゥル」と揶揄されるような関係にあった。今風にいえばセフレ扱いである。「わたしの正義はあまりにあまねきため」という『魔女』の記述の引用は、ガール・フレンドへの「僕」の独善的な態度を示唆している。

そして「22」の最後には、一九六三年に「初めてデートした女の子」のエピソードとして、一緒に見に行ったプレスリーの主演映画の主題歌の歌詞がわざわざ引用されている。

「僕は彼女と喧嘩した。
だから彼女に手紙を書いた。
ごめんね、僕が悪かった、ってさ。

でも手紙は返ってきた。
宛先不明、受取人不明。」

映画は『ガール！ガール！ガール！』（一九六二）であり、曲は同映画の挿入歌からシングル・カットされ、全米二位、全英一位となった大ヒット曲「Return To Sender」（邦題「心のとどかぬラヴ・レター」）である。アメリカでリリースされたのは同年秋だが、日本では翌年にスリー・ファンキーズが日本語カバー曲を出してヒットした。

そして「34」では、前年の十月に、結婚と子供を望むかと問う彼女に「僕」がついた「ひとつ」の「嘘」が書かれている。

いわばこれらが「象」と「象使い」の、「象」の部分である。この「象」は小さなピースに分解され、ピースそれぞれがまるで無関係な断片のように装われている。そのピースのなかの「僕」を取り巻く現実を反映したと思われる表層を組み合わせると、次のようなプロットが浮かびあがる。

セックスばかりが目的のように付き合う「僕」の「嘘」に彼女は裏切られ、喧嘩をし、それっきり僕の謝罪は届かないまま、彼女は「みずからくびれて」死んだ――。

こんなふうに単純につないでみると、「僕」の彼女への態度は、たしかにひどいものだとしても、若い男子としてはずいぶんありがちに見える。同時に彼女の自死の理由もまた――恋人に失望したのは判るものの――そのくらいでなぜ死ななければならないのか、という理不尽さを帯びる。

逆にいえば、過剰に冷淡な「僕」の口ぶりと、周到な分解と偽装でぼかすことによって、「三番目に寝た女の子」の死は、はじめてミステリアスな事件となりえたのである。そうしなければならなかったのは、この正面からは書かれない事件が「僕」の「書けない」ジレンマの起源としての任務を、作中で過分に背負わされていたからだ。

ともあれ彼女の死を知った一九七〇年の四月から、「僕」の「書けない」ジレンマは始まった。「以前、人間の存在理由《レーゾン・デートゥル》をテーマにした短かい小説を書こうとしたことがある」という彼の「存在理由《レーゾン・デートゥル》」は、こうして千々に壊れてしまったのである。

では、彼の分身である「鼠」には何が起きたのか――。

「鼠」は女性問題で悩みを抱えていたが、「僕」には何も打ち明けなかった。「24」では女に会ってほしいと頼んできたのに、「27」で約束の時間に「僕」が行くと「止めたよ」と答えている。結局「僕」は「鼠」と一緒にその女性と会うことはなく、誰かを知らない。

いっぽう「僕」は、ジェイズ・バーで出会った「小指のない女の子」と、東京へ帰る前の週に一夜を過ごし、妊娠中絶手術を受けた直後であることを打ち明けられている。その妊娠の相手はじつは「鼠」ではないのか、という想像を誘導する表現が二ヵ所ある。

まず一つは、「鼠」が最初に登場する「3」で、会話の途中で口をつぐみ、手をひっくり返して何度も十本の指を数える癖を持っていることがわざわざ書かれていることだ。そして「20」で「僕」は、「小指のない女の子」の左手を取って「注意深く眺め」ている。「生まれつきそうであるかのようにごく自然に」「気持良さそうに並んでいた」その手を「鼠」は知っていて、しばしば自分の手と見比べずにいられなかったかのようである。

もう一つは、「ジョン・F・ケネディー」をめぐる一致点だ。「5」で「鼠」が「僕」との会話の場で発案した小説のプロットの続きのような「鼠」と「女」との会話が、「6」に書かれている。そこで「人間は生まれつき不公平に作られてる」という言葉とともに「ジョン・F・ケネディー」の名前が挙げられているのだが、その名前をのちにジェイズ・バーの洗面所で気を失っていた「小指のない女の子」も口走っているのである。

ケネディー大統領、というより彼が暗殺された一九六三年という年が、この小説でさまざまなピースの縁起、あるいは結節点のように扱われていることはすでに述べた。その〈ケネディー＆一九六三年〉を異次元の通路のようにして、「僕」と「鼠」の世界はつながれているかのようだ。しかし「10」には、胸の大きな「30歳ばかりの女」がジェイズ・バーで男を待ちながら、何度も長い電話をかけている。「僕」も「鼠」を待っていたが、彼は現れない。女は「先月離婚」したという。五ページ余りも書かれたこの場面もまた、「鼠」の語られない物語の周縁の一片と受取れる。もしも女の待ち人が「鼠」だとしたら、「鼠」の抱えていた問題とは三角関係なのかもしれない。年上の女と付き合い、女は離婚にまで追い詰められた。その一方で若い女を妊娠させてしまっているとすれば、たしかに彼は「僕」以上に愚かな罪を背負った男だろう。

その帰り道に「僕」は口笛を吹き、聴いたことのあるその曲を時間をかけて思い出す。「ミッキー・マウス・クラブの歌」だ。「みんなの楽しい合言葉」――。

例のプレスリーの映画主題歌の歌詞が出ていた「22」は、「僕」が「小指のない女の子」とビーフ・シチューを一緒に食べた場面だった。そこで別れ際に、彼女は「明日から旅行するの」「一週間ほど」と告げている。いうまでもなくそれは中絶手術を受けに行く「旅」だった。その直後の届かなかった謝罪の手紙の歌が、「僕」と「鼠」の並行する世界を、時空を超えた通路のように結びつけているとすれば、自殺した「三番目に寝た女の子」もまた妊娠（中絶）していた可能性が浮かびあがる。

「鼠の小説には優れた点が二つある。まずセックス・シーンの無いことと、それから一人も人が死なないことだ」と「僕」は評している。しかし続いて、「放って置いても人は死ぬし、女と寝る。そういうものだ」と彼は付け加える。「僕」の十八日間に起きた出来事のリストにも、セックスと死はない。しかし「失われたもの」「書けないこと」の側のリストには、「僕」と「鼠」のほとんど相似形のように重なった「罪」が隠されている。「人は死ぬし、女と寝る」というコメントは、セックスと死によって構成された罪を「書けない」領域にしまいこんだ「僕」が、図らずも漏らした罪の尻尾のようである。

風に乗って歌が聴こえる。「みんなの楽しい合言葉」「ごめんね、僕が悪かった、ってさ」。切れ切れに聴こえる歌のように仄めかされた二人の「罪」は、それぞれの「書けない」起源を成している、かのようだ。

しかし、読み取れる彼らの行いは、「罪」と称するにはあまりに凡庸で薄っぺらである。それは本当の「書けない」理由だったのだろうか。私にはむしろ、それらは本当の理由を書かないための見せかけ、あえて言えばフェイクの「罪」だったように思えてならない。

4

村上春樹はデビュー小説を翻訳のような文体で書いた理由について、川本三郎によるインタビューで次のように打ち明けている。

正直言いまして、僕は、これを書く時に、どう書いていいか分らないんで、最初にリアリズムでざっと書いたんです。まったく同じ筋を同じパターンで、文体だけ、普通の既成の文体というか、いわゆる普通の小説文体で書いたんですよ。で、読み直してみたら、あまりにもひどいんで、これはどこかが間違っているはずだという気がしたんです。最初のそれを書いている時は、僕も一生懸命、小説を書こうと思う文章で書いていたんですけれど、すごく疲れるし、借り物みたいな気がして、じゃあもうそんなのまったくなしで、好きに書いてみようと思って、こういう文章を始めた。それでまず英語で少し書いて、それを翻訳したら、あ、これだったら楽に書けるな、という気がして、そのあとずっと、その文体で書いたんです。だから、翻訳文体というのは、現象的に見れば、当たってるんですよね。（笑）

（インタビュー「『物語』のための冒険」聞き手・川本三郎、「文學界」一九八五年八月号）

デビュー当時、村上春樹の「翻訳文体」への批判が少なくなかったことは前にも述べたが、このインタビューが行われたのは、すでに『羊をめぐる冒険』を発表し『世界の終りとハードボイルド・ワンダーランド』を書き下ろしたばかりの時期である。長編作家に成長した自信と自覚からか、過去の自分についてずいぶん客観的に、率直に語っている。だが、ここで明らかにされた「翻訳文体」に至った事情はかなり屈折している。たとえば庄司薫や片岡義男なら、ストレートに「好きに書いてみようと思って、こういう文章を始めた」というだろう。水を得た魚のように、彼らには書く歓びがあったはずである。しかし村上の場合は、たんに現代アメリカ小説が大好きなので、その文体のままで書いたというわけではないのだ。

村上は最初、リアリズムの「普通の小説文体」で「まったく同じ筋を同じパターンで」書いてみたと述べているが、そのとき現在の「1」の大部分は書かれなかったはずである。なぜならそこで言及された「書くこと」についてのジレンマへの自省は、まさに「普通の小説文体」で書きあぐねた経験そのものから生まれているはずだからだ。

「書くこと」の困難と苦渋が、村上春樹の出発点だとすれば、「一生懸命、小説を書こうと思う文章で書いていた」「普通の小説文体」が「借り物」としか思えない意識のなかにこそ、ジレンマの起源はあったことになる。

ほとんどこれと同じことを、九七年に文庫化された『やがて哀しき外国語』の「あとがき」で、村上は次のように書いている。

僕は正直に言って、若いころ、小説を書き始めたころは少しでも日本という状況から遠くへ逃げたいと思っていた。言い換えれば、少しでも日本語的なものの呪縛から遠ざかりたいと思っていた。

（「『やがて哀しき外国語』のためのあとがき」）

つまり「普通の小説文体」とは「日本語的なものの呪縛」に他ならなかった。「書けない」というジレンマは、まさにそれが「日本語的なもの」であることに起因したのである。
その起源の実態に触れる発言が、村上春樹と村上龍との二度にわたる対談を収めた『ウォーク・ドント・ラン』のなかの、一九八〇年十一月十九日に行われた二度目の対談中に見出せる。

うちはおやじとおふくろが国語の教師だったんで、で、おやじがね、とくにぼくが小さいころね、『枕草子』とか『平家物語』とかやらせるのね。でね、もう、やだ、やだと思ったわけ。それで外国の小説ばっかり読みはじめたんですよね。でも、いまでも覚えてるんだね、『徒然草』とか『枕草子』とかね、全部頭の中に暗記してるのね、『平家物語』とか。食卓の話題に万葉集だもの。おふくろはね、僕を生んでからは先生やっていなかったけどね。絶対に日本の小説読みたくないと思ったんですよ、小さいころ。まして日本語で小説書くなんて思いもよらなかったな。

（村上龍vs村上春樹『ウォーク・ドント・ラン』講談社、一九八一）

この対談を春樹は、同年に出版されたばかりの龍の長編『コインロッカー・ベイビーズ』を読んだ感想から話しはじめている。当時の村上龍はデビューが三年早かっただけでなく、圧倒的に〝売れている〟作家だった。そんな彼の渾身の力作を読んだ「ショック」から、春樹は「ぼくも長いものを書きたい」と思ったと何度も漏らしている。やがて長編小説を主軸とした専業作家になる決意を固め（ついでに煙草をやめマラソンを始め）、営業的には成功していたジャズ喫茶を手放して『羊をめぐる冒険』を書くことになる。

ここでの発言は、現代アメリカ小説を「お手本」にして出発したと大方に理解されていた村上春樹に、意外にも「日本語的なものの呪縛」がかくも深くあったことを示している。

すなわちその起源は、日本文学であり、もっと端的にいうなら父親から受けた薫陶に他ならなかった。

『村上春樹スタディーズ05』に収められた今井清人作成の年譜によれば、村上春樹は一九四九年一月十二日に村上千秋・美幸夫妻の長男として京都市伏見区に生まれ、まもなく兵庫県に転居した。きょうだいはなく、一人っ子である。戦争体験のある父は「京都の坊主の息子」（『村上朝日堂の逆襲』）でもあった。『ウォーク・ドント・ラン』で春樹は、「僕は親父が浄土宗の坊主でもあったんで、子供のころから欲望を捨てて生きていかなきゃいけないって考え方を植えつけられたようなところがあるのね」と述べている。さらに、文章が好きな作家としてフィッツジェラルド、カポーティ、チャンドラー、ヴォネガットらと並んで、上田秋成の名が挙がっていることにも驚かされる。村上春樹の小説における妙にストイックで禁欲的な作中人物や、奇異なファンタジーへ向かう志向性は、じつは両親、とりわけ父親から注入された「日本語的なもの」そのものだった可能性が高いのだ。

村上春樹が両親についてこれほど開けっぴろげに言葉にした機会は、その後のエッセイでも絶えてないといっていい。小説でも、主人公の交際相手や妻の肉親について書かれることはあっても、主人公自身の家族や家庭環境について語られることはほとんどなかった。

変化が現れるのは、一九九五年の阪神淡路大震災以後の作品からである。たとえば短編集『神の子どもたちはみな踊る』では父親に何度か言及している。その父親は、口を利かない関係だったり（『アイロンのある風景』）、死んでいたり（『タイランド』）、不在だったり（『神の子どもたちはみな踊る』）、いずれもネガティブな扱い方が顕著だった。長編の『海辺のカフカ』にいたっては、カフカの父親は惨殺され、少年カフカはそれを自分の罪と自覚するに至るのだ。

村上春樹にとって日本文学に背を向けること、「日本語的なものの呪縛」から逃れることは、同時に両親から注がれた影響を禁忌のごとく封殺することだった。とりわけ父親に対する尋常ならざる敵意と反発は、はじめは決して主題化されることなく根深く作品に埋め込まれ、ついには表面にまで噴出するようになったのだ。

その点『風の歌を聴け』は、両親をはじめとする肉親について多く言及している特異な作品と見える。「僕」には両親と兄がいる。そして叔父が三人。七十九歳で死んだ祖母もいる。

兄は二年前に部屋いっぱいの本を残し、理由もいわずにアメリカに行ってしまった。残された兄のガール・フレンドによれば「僕」はよく似ているという。叔父の一人は上海で死んでおり、一人は「僕」にハートフィールドの一冊を与えたのち腸の癌で死に、健在な一人は手品師になって全国の温泉地を巡っている。祖母は「暗い心を持つものは暗い夢しか見ない。もっと暗い心は夢さえも見ない」と、いつもいっていた。

いかにも軽妙な思いつきらしいエピソードを飾りつけられた彼らに比べて、「僕」が抜き差しならない重さで関わっているのは、父親である。

「僕」は毎晩八時ちょうどに帰宅する父親の靴を磨かなければならない。「子供はすべからく父親の靴を磨くべし」が「家訓」だという。兄がいなくなってからは「僕」一人が果たしている義務なのだ。彼がそんなことを話した相手は「小指のない女の子」だった。「立派なお家なのね」

と感想を述べた彼女に向かって、「ああ、立派な上に金がないとくれば、嬉しくて涙が出るよ」と茶化して「僕」は答えている。さらに父のことを「律義な人」とも評しているが、それを超える本音の吐露はない。

一方の「鼠」はといえば、登場した最初の場面で「金持ちなんて・みんな・糞くらえさ」と、まず怒鳴ってみせる。「ダニさ」「虫酸が走る」と罵りもする。彼の父を含む「金持ち」に対してである。

「28」に芦屋市を思わせる街と、「鼠」の家についての詳しい記述がある。二階建てが多く二台の車を有する家が少なくない街の中でも、彼の家は三階建てで、地下のガレージには父親のベンツと彼のトライアンフが並んでいる。虫除けの軟膏によって戦争中に大儲けしたらしい彼の父は、戦後は「怪し気な栄養剤」を売り、朝鮮戦争の終るころには同じ材料で作った家庭用洗剤を売り出したという。

戦争を利用して儲けた金持ちの「鼠」の父、律義な中流の「僕」の父。他には脳腫瘍で二年苦しんだあと死んだ「小指のない女の子」の父もいる。また、「貧乏な家」の「友だち」の、市営バスの運転手だった父親についても語られている――。この小説の父親たちは、あたかも所得階層の各代表のように居並んでいる。そこでいかにも軽蔑すべき悪しき金持ちとして「鼠」の父親が語られるのだが、いわばそれはブルジョワジーへの反感という、若いころ左翼的ラディカリズムに染まった世代らしい間接的抽象的な反発に留められている。

さらに母親に関しては、驚くほど記述がない。ただ「小指のない女の子」が「僕」と一夜を過ごしたときに眠りながら呟く「お母さん……」という一言が出てくるだけだ。

夏休みに「僕」が帰省している郷里は芦屋か神戸らしき地域であるにもかかわらず、地名や方言のリアルな地域性がみごとに消去されている。それと同じように、この作品における家族からは、こうしてみるとリアルな親子の関係性が周到に脱臭され漂白されている。「僕」の出自は、まるで影を脱いだように、きれいに名前も意味も抜き取られているのだ。

「僕」を呪縛し脅かすものは、この作品ではまだ「書けない」リストの一番底に隠されている。

5

再び「『やがて哀しき外国語』のためのあとがき」から一節を引こう。「日本の小説」「日本語的なもの」に背を向けたまま、日本語で小説を書いてきた苦労について、村上は次のように述べている。

> モデルとして敬愛する作家というものをとくに持たなかった。私小説がどういうものかというような初歩的な認識すら持たなかった。べつに日本の文学を嫌っていたとか、そういうことではない。ただ単純に日本の小説を読んだことがなかったのだ。だから僕はそれまでに読んでいた数多くの英語の小説や、あるいはその他の言語からの翻訳小説から、自分で小説を書くための方法を学ばなくてはならなかった。つまり一種の代理母みたいなものから、ひとつフィルターを通して、日本語の小説を書くための文体や手法を学ばなくてはならなかったわけだ。（傍点引用者）

ここで用いられた「代理母」という言葉を、どう受取るべきだろうか。単純に考えれば、まったく無知だった日本の小説の代わりに、英語の小説や翻訳小説を原資として作家修業をするしかなかった、ということになるだろう。その場合、「母」は母語で書かれた「日本の小説」ということになる。「普通の小説文体」といいかえてもいい。

身に着けるべき「日本の小説」らしい「文体や手法」は、たまたま彼に不足していたのではない。「絶対に日本の小説読みたくないと思った」彼の意志的な選択だった。いわば彼は実の「母」を捨てて「代理母」のもとへ逃れたのだ。

敗戦の四年後に生まれた村上春樹にとって、親とのあいだの世代的な断絶はもとより宿命的だった。戦後教育とアメリカ文化の洗礼を受けて育った息子と、戦前戦中を生きた親世代とは、価値観も美意識もまるで別の国の人間のように異なっていて当然だった。母国語で育ち日本人として生活していながら、息子は親がかつて敵として戦っていた国の文化からすべてを学ぶようになった。しかし、どんなに馴染んでもその国は母国ではない「代理母」国であった。

一九四〇年生まれのハワイ移民の日系三世である片岡義男は、村上春樹よりうんとアメリカ寄りに重心を持った出自の作家であるが、のちに母国語の呪縛について次のように書いている。

母国語によって長い年月をかけてつちかわれた思考や発想の外に出ることは、ごく控えめに言っても、至難の業だろう。その難しさや面倒さにくらべれば、思考や発想は母国語のまま、それを薄皮一枚の英語にくるんで喋ったり書いたりするほうが、はるかにたやすい。外国語を学び始めたときの、わずかな単語とごく限られた構文しか自由にならないもどかしい苦しさの次の段階には、多少は使えるようになった英語で母国語の思考と発想をくるみ込むという、落とし穴が待っている。この落とし穴は魅力的かもしれない。なぜなら、自分の側の論理をいくらでも主観的に利己的に自在に表現し抜く母国語の、かりそめの代用品にはなり得るから。

（『日本語の外へ』筑摩書房、一九九七）

片岡はべつに日本人は英語の理解が不足している、あるいは日本人には英語の真の習得が不可能だといっているわけではない。そもそも彼がここでいう「英語」とは、英米人の母国語のことではなく、国際的な公用語としての英語のことである。『日本語の外へ』第2部の中で片岡は、日本語には英語の「I」に相当する言葉がない、という意表を突く指摘から始まり、日本語と英語の構造的な差異をドラスティックに究明している。どれほど熱心に英語を学習したとしても、思考と発想の根底を母国語に呪縛されているかぎり、英語はどこまでも母国語の「代用品」でしかないという恐るべき「落とし穴」について、片岡は——もちろん自身も含めて——語っているのである。

片岡の言い方を借りるなら、村上のいう「代理母」とは、つまり決して「母」の欠落を埋合わせることも、「母」の外へ出ることもできない「かりそめの代用品」である。「代理母」の「文体や手法」を駆使したとしても、それは「日本の小説」になりかわることも、「アメリカ小説」になりきることもできない。

しかし村上は、もとよりそれを自覚していたというべきである。『風の歌を聴け』の「1」に書かれていた言葉を、ここでもう一度思い出そう。

僕がここに書きしめすことができるのは、ただのリストだ。小説でも文学でもなければ、芸術でもない。まん中に線が1本だけ引かれた一冊のただのノートだ。

彼が書けない、書きたくないという「日本語的なものの呪縛」とともにある「日本の小説」を「母」になぞらえるなら、儀式のように毎日靴を磨かせる「父」とは、さしずめ大文字の「文学」あるいは「芸術」になるだろう。

「日本の小説」ではない小説を日本語で書くこと、「文学」でも「芸術」でもない「ただのノート」のように書くこと――。たとえ未熟な習作ゆえの試行錯誤という側面は否定しがたいとしても、このデビュー作は、そんな名状しがたいジレンマの結果として生まれたのである。「母」なる日本語小説にも「父」なる文学にも属さない、「書けない」ことを書くための小説にならざるをえなかったのだ。

アメリカ小説のような「翻訳文体」で書かれた、学園紛争世代のほろ苦い喪失感を描いた青春小説とも見える『風の歌を聴け』だが、その一見スマートな外見の下に隠されているのは、このような異様な小説像なのである。しかし重要なのは、その異様さがそのまま村上春樹の文学の背骨となったということである。

村上はオリジナルな語り方、ヴォイスを確立したのは『羊をめぐる冒険』からだと自認している。それ以前の試行錯誤の産物だった初期作品をあまり認めたくないという作者の姿勢も理解できなくはないが、この習作は「小説」を「書けない」状態で書くという出発点のモニュメントにとどまらない。リアリズムを基調とし、作中人物の自我の葛藤を主題化する一般の「小説」とはまったく異質な、〝村上春樹の小説〟の本領をすでに明瞭に含んでいる。
のちに『海辺のカフカ』を発表した村上が、湯川豊と小山鉄郎によるインタビューに答えた発言中に、次のようなくだりがある。

人間の存在というのは二階建ての家だと僕は思ってるわけです。一階は人がみんなで集まってごはん食べたり、テレビ見たり、話したりするところです。二階は個室や寝室があって、そこに行って一人になって本読んだり、一人で音楽聴いたりする。そして、地下室というのがあって、ここは特別な場所でいろんなものが置いてある。日常的に使うことはないけれど、ときどき入っていって、なんかぼんやりしたりするんだけど、その地下室の下にはまた別の地下室があるというのが僕の意見なんです。それは非常に特殊な扉があってわかりにくいので普通はなかなか入れないし、入らないで終わってしまう人もいる。ただ何かの拍子にフッと中に入ってしまうと、そこには暗がりがあるんです。それは前近代の人々がフィジカルに味わっていた暗闇——電気がなかったですからね——というものと呼応する暗闇だと僕は思っています。その中に入っていって、暗闇の中をめぐって、普通の家の中では見られないものを人は体験するんです。それは自分の過去と結びついていたりする、それは自分の魂の中に入っていくことだから。でも、そこからまた帰ってくるわけですね。あっちに行っちゃったままだと現実に復帰できないです。

（中略）そういう風に考えていくと、日本の一種の前近代の物語性というのは、現代の中にもじゅうぶん持ち込めると思ってるんですよ。いわゆる近代的自我というのは、下手するというか、ほとんどが地下一階でやっているんです、僕の考え方からすれば。（中略）でも地下二階に行ってしまうと、これはもう頭だけでは処理できないですよね。

（『海辺のカフカ』を中心に」、「文學界」二〇〇三年四月号）

ここで提示された「地下二階」のメタファーを、ユング流の深層意識あるいは集合的無意識といいかえることは容易かもしれない。しかし明らかに村上はここで地上二階地下二階の家の構造を、一種の文学モデルとして語っている。それぞれの階は、文学史的ないしジャンル的な階層として読み替えることができる。

すなわち一階とは、家族団欒の茶の間を本拠とする初期的大衆的なファミリー・ロマンスにあたる。二階とは密室内の自我の空間であり、ファンタジーやミステリに結びつく地下一階とともに近代文学の「内面」空間を意味する。だが地下二階は、そのいずれにも属さない特殊な超自然的領域である。内なる自我よりも、秘められた欲望よりも、さらに深い奥底の、「前近代の暗闇」にも通じる魂の「暗がり」を骨格とした小説として、村上は自身の文学を規定しているのである。

村上春樹の小説にたびたび描かれてきた井戸や森が「地下二階」の形象に他ならないことは改めて指摘するまでもない。たとえば『世界の終りとハードボイルド・ワンダーランド』は地底の世界と、森に囲まれた影のない街とのパラレル・ワールドの構造を持っていた。『ねじまき鳥クロニクル』で突然失踪した妻の行方を追う「僕」は、近所の空家の庭に見つけた涸れ井戸の底で瞑想することになるし、『海辺のカフカ』で行き詰ったカフカは森の奥深くに籠もる。そこは自己の魂の「暗がり」と直面する領域であると同時に、時空を超えて別人の「暗がり」とつながることのできる地下茎状の異次元トンネルのような働きを持っている。村上の小説には、通常の小説理解では解釈しがたい展開がしばしば含まれているが、近代的自我とリアリズムの制限を超えた「地下二階」小説の本領がそこにこそある。

その「地下二階」性を、すでに『風の歌を聴け』は随所に帯びているのである。「僕」が十四歳だった一九六三年にまつわる事象が、時空を超えたネットワークのように作品内の断片を結びつけている。またデレク・ハートフィールドの作品「火星の井戸」には、潜って出てきたら十五億年の歳月が経っていたという「井戸」が書かれていた。

短編「火星の井戸」の「大まかな筋」の紹介は、次のように語りだされている。

それは火星の地表に無数に掘られた底なしの井戸に潜った青年の話である。井戸は恐らく何万年の昔に火星人によって掘られたものであることは確かだったが、不思議なことにそれらは全部が全部、丁寧に水脈を外して掘られていた。いったい何のために彼らがそんなものを掘ったのかは誰にもわからなかった。実際のところ火星人はその井戸以外に何ひとつ残さなかった。文字も住居も食器も鉄も墓もロケットも街も自動販売機も、貝殻さえもなかった。井戸だけである。それを文明と呼ぶべきかどうかは地球人の学者の判断に苦しむところではあったが、確かにその井戸は実にうまく作られていたし、何万年もの歳月を経た後も煉瓦ひとつ崩れ

てはいなかった。（32）

無意味な井戸だけ残して姿を消した火星人は、不毛な小説を大量に書き残して投身自殺したハートフィールド自身のカリカチュアとも見える。そして同時に「書けない」ジレンマを抱えて二十九歳になった「僕」による、リアリズムの「水脈」を丁寧に外して書かれたこの異様な小説もまた、「日本小説」の「文明」からほど遠い「井戸」なのだ。

ただここでの限界は、リアリズムの理解を絶した「井戸」を掘りつづけること、潜りつづけることが、ここではまだ「不毛」と結論されていることだ。ハートフィールドも、火星の井戸から出てきた青年も、自ら命を絶つ。あとにはボブ・ディランの歌のように「風」が吹いているだけ。「あらゆるものは通りすぎる」と「僕」はつぶやき、長距離バスに乗って故郷を去る——。

このシニカルな無常観は、僧侶であった父から刷り込まれた「日本語的なものの呪縛」の残滓でもあったろう。そこから抜けだすために、二十九歳の新人はいっそう果敢に「父」なるもの「母」なるものを捨てつづけなければならないだろう。「書けない」ことを書くために、その罪は贖《あがな》われることになるだろう。

安らげる日本文学の故郷を持たない意志的な孤児として、村上春樹は出発した。「代理母」に導かれ、意図を解読しがたい「井戸」を掘りつづけたその小説が、いま世界の魂の孤児たちの「地下二階」と結ばれつつある。

第3章　優雅で感傷的な見者

——高橋源一郎『さようなら、ギャングたち』

1

高橋源一郎は一度デビューしそこねている。

『さようなら、ギャングたち』は一九八一年、第四回群像新人長篇小説賞で優秀作（当選作なし）に選ばれた。群像新人長篇小説賞は、今日も存続している群像新人文学賞と混同されやすいが、一九七八年からわずか五回だけ公募された短命の文学賞だった。

だが、その半年前の第二十四回群像新人文学賞で、高橋がデビューを期した『すばらしい日本の戦争』が、小説部門の三つの候補作の一つになっていたのである。受賞したのは次章で取りあげる笙野頼子の『極楽』であったが、選考会で高橋の作品をめぐって賛否が激しく対立したことを、選考委員の一人、瀬戸内晴美の選評が伝えている。

小説は、高橋源一郎氏の「すばらしい日本の戦争」だと思いこんで選評会に出席したので、この小説が他の選者の方々から総スカンで、中には、こんなものを読むのは残り少い余生の時間が措《ママ》しいとまでいわれたので、まるで自分がこの小説の作者でもあるかのようにショックを受けてしまった。

（中略）

ヘンな人間ばかりがいり乱れバカバカしい会話やワイセツなことばかりするのに、なぜか私はこの小説から物哀しいリリシズムを感じたのだ。

（「贔屓の引き倒し『すばらしい日本の戦争』を推して」）

他の選考委員である川村二郎、木下順二、田久保英夫、藤枝静男の選評を読むと、高橋の候補作への言及じたいが木下、田久保にはなく、藤枝が正直に「皆目わからなかった」と述べている他には、川村が次のように指摘している。

ヴァレリーの『カイエ』から劇画に到る情報量の過剰は、ある種の壮観にはちがいない。しかし旧来の文学を嘲弄するのは結構として、この氾濫と過剰のスタイル自体が、当代アメリカ小説の意匠のやみくもななぞりにすぎないのではないか、という疑問を打ち消すだけのエネルギーが、ここにこもっているとは思われない。

（「感想」）

川村はきわめて冷静にこの作品を理解していたといえる。「旧来の文学」への挑戦的な態度と「当代アメリカ小説」の影響を指摘する点では、五年前の村上龍の『限りなく透明に近いブルー』、ならびに二年前の村上春樹の『風の歌を聴け』に対する選評を思い出させる。高橋の小説からもまた、カート・ヴォネガットやリチャード・ブローティガンのみならず、ドナルド・バーセルミの影響が明らかに見て取れる。すでに当時の日本においてアメリカ文化の受容は、飽和状態といえる状態だった。川村としては、もはやその現象に新鮮味を感じるより、倦んで辟易する思いもあったろう。

ましてのっけから次のような文章が散々提示される『すばらしい日本の戦争』に、瀬戸内のように「リリシズム」を感じることは、たとえ同世代の読者にとってもかなり困難だったはずである。

「掲示板に掲げてあるのは万歳をしている裸の女の死躰《したい》だった。どうやら二十歳前後の若い女で、頸や上腕部や耳に打ちこまれた五寸釘で掲示板に釘づけされていた。爪《つめ》は両方の手脚共、一枚の例外もなく剝がされ、腹は十文字に帝王切開の要領で開けられ、内部がよく見えるようにやはり腹の皮も折りまげられて掲示板にとめられてあった。よく見ると腹腔内には子宮がなくそのかわりに血でねとねと汚れた雛人形が飾ってあったが、それより奇妙なのは陰毛の周りにガム・テープを貼っていることだった。（後略）」

（引用はのちの『ジョン・レノン対火星人』による）

敗戦後三十五年間つづいたぬるい平和と右肩上がりの経済的繁栄を満喫している日本人の神経を顰蹙《ひんしゅく》させる、という以上に、踏みにじって破壊するような、暴力的でグロテスクな文章である。

講談社文芸文庫版の『ジョン・レノン対火星人』に収められた「著者から読者へ」で、高橋は『すばらしい日本の戦争』の執筆経緯と、『さようなら、ギャングたち』との関係について語っている。

「およそ十年、書くことから（文学から）遠ざかって後」、ようやく小説を書きはじめた彼には「書くべきことはわかっていた」という。

それは、奇妙なものでなければならなかった。考えうる限りバカバカしいものでなければならなかった。最低のもの、唾棄されるようなもの、いい加減なものでなければならなかった。この世の人すべてから、顰蹙をかうような作品でなければならなかった。グロテスクでナンセンスで子供じみていなければならなかった。お上品な文学者全員から嘲られるような作品でなければならなかった。書きたいことは他になかった。

（「『文学』など一かけらもない」）

少なくともこのような高橋の「デビュー」の目的は、果たされたことになる。みごとにそれは「顰蹙」をかったのである。

2

現在『ジョン・レノン対火星人』として読むしかないこの作品は、しかし、思いのほか小説らしいストーリーをもっている。
「わたし」は三年間「マザー・グース大戦争」の被告として小菅の東京拘置所にいた。現在は模範的市民としてポルノ小説を書いている「わたし」のもとに、意識も言葉もすべて「死躰」になる「深淵」を病んだ男「すばらしい日本の戦争」がやってくる。さきほど引用したグロテスクな文章も、彼が獄中から「わたし」に送ってきたハガキの文面なのである。「花キャベツカントリイ殺人事件」を起こした「花キャベツカントリイ党」のリーダーだった彼は、同じ独房に八年間収監されていた縁で「わたし」を仮釈放後の身柄引受人にしていたのだ。彼の頭から「死躰」を追い払うべく、「マザー・グース大戦争」の元被告で現在は売れっ子トルコ嬢である「テータム・オニール」の協力を得て困難な治療が試みられる。ようやく治癒したかと思えた「すばらしい日本の戦争」だが、彼は突如死んでしまい、代わって「深淵」が「わたし」にとり憑いてしまう——。

メルヘン風に異化された名称と、卑猥と軽薄をまぶされたエピソードをとり払ってみれば、これは赤軍派に代表される元過激派が一般市民になりきれない心の病の悲哀を、作者が自身の拘置所体験をベースに物語った小説なのである。「赤軍派」と名指した理由は、冒頭に東京拘置所内で一九七三年、首を縊《くく》って死んだ「奇妙な三塁《サード》コーチャー」のことがわざわざ書かれているからであり、これが同年元日に自殺した連合赤軍リーダー森恒夫を想起させることを作者は当然意識していたはずだからである。

そして講談社文芸文庫版『さようなら、ギャングたち』巻末の栗坪良樹編の年譜によれば、高橋は横浜国立大学入学後の一九六九年十一月に凶器準備集合罪等で逮捕され、翌年二月から八月まで東京拘置所に拘置されていた。

だから、もしこの作品で高橋が受賞してデビューしていたとすれば、かつて『限りなく透明に近いブルー』でデビューした村上龍が「ロック世代の文学」などと呼ばれたように、「過激派的外傷」（内田樹）の悲劇を描いた「元過激派の文学」などと呼ばれたことは必定だったと思われる。

その道を辿ることなく『さようなら、ギャングたち』でデビューしたことは、高橋に何をもたらしたのだろうか。

群像新人文学賞落選のあと、『さようなら、ギャングたち』を執筆した事情を、前出の「『文学』など一かけらもない」で、高橋は次のように述べている。

失意のぼくを励ましてくれた、はじめての担当編集者Aさんの勧めで書いたのが、『戦争』とは、まったくタイプの違う作品、優しく、単純で、詩の一杯詰まった『さようなら、ギャングたち』だった。

『ギャング』は、ある意味で、「文学」に満ちた作品だった。だが、ぼくは、ほんとうは、「文学」など一かけらもない作品で、つまり『戦争』でデビューしたかったのだ。

高橋はこういうが、重い体験を虚構世界に再現しなおす小説的「文学」に染まっていたのは、むしろ『戦争』のほうだった。これを「『文学』など一かけらもない」と断言する高橋が、「文学」を小説ではなく「詩」の延長線上に考えていたことが逆によく分かる。

そして彼は、「詩の一杯詰まった」『さようなら、ギャングたち』でデビューを飾った。半年前に「総スカン」を食らった高橋だったが、当選作でなく優秀作という留保つきであれ、『ギャング』は意外にも選考委員たちの好評を得て受賞しているのである。

選考委員の大庭みな子は選評で「すんなりと、行を追ってすなおに読ませる」と書き、秋山駿は「これはこれから流行しそうなスタイルである」とまで述べている。ここには「顰蹙」の物議も、「総スカン」の反発もない。

さらに黒井千次は、次のように評している。

従来の長篇小説の枠から軽やかに抜け出し、飄々として自由の歌をうたっているのが高橋源一郎氏の「さようなら、ギャングたち」である。土の匂いを取り除いた宮沢賢治といった趣きをどこかにもつ童話に近い作品だが、散りばめられているフラグメントには輝きと滑稽さと哀しみが溢れている。たとえば、「おかえりなさい」という言葉ひとつを取りあげる幾行かのうちにも、この作品のしなやかさと優しさが感じられる。

（「長篇小説のあり方」）

この評は、『ギャング』の特質をみごとに要約しているだけでなく、その後の高橋の作風までを予見しているといっていい。このように「すんなりと」理解されたことは、高橋にとってあるいは不本意であり不名誉だったかもしれない。『戦争』とは対照的に、『ギャング』は文壇から公認された「文学」になってしまったのである。

しかし、高橋が認められたいと願っていたのは、文壇でも選考委員でもなかった。

講談社文芸文庫版『ゴーストバスターズ　冒険小説』（二〇一〇）所収の、現在のところ最新の年譜（若杉美智子編）の一九八一年の項には、『さようなら、ギャングたち』の優秀作受賞の事実に付加えて、次のような記述がある。

選考委員ではないが吉本隆明ならば理解してくれると信じて仮想の読者に想定し、約二ヵ月間執筆に集中した。その吉本が「マスイメージ1―変成論」（「海燕」八二年三月）で絶賛し、高橋は注目される。

この経緯によって、高橋源一郎は実質的にデビューしたといえる。当時の若者に仰ぎ見られていたカリスマ評論家が「絶賛」したことによって、高橋はカリスマ的な新人作家となったのだ。『戦争』で物議を醸し、辛うじて優秀作となった『ギャング』があのヨシモトから絶賛された――。これは同世代のラディカルな文学青年にとって、考えうる最もセンセーショナルでヒロイックなデビューだった。

『すばらしい日本の戦争』は、手直しされ八三年に『ジョン・レノン対火星人』とタイトルを変えて、角川書店の「野性時代」十月号に掲載され、八五年に同社から刊行された。いわば順序が入れ替わった受賞後第一作になったわけだが、その掲載と刊行に〝ヨシモト絶賛〟の効果があったことはまちがいない。

当時どれほどヨシモトの神通力が大きかったかを、現在五十代以下の読者は想像できないだろう。

「荒地」に拠った新進詩人として出発した吉本隆明は、五〇年代から「大衆の原像」を基盤に政治やアカデミズムの「擬制」を全否定する、自立したマルクス主義者として注目されていた。さらに『言語にとって美とはなにか』(一九六五)や『共同幻想論』(六八)、『心的現象論序説』(七一)の気宇壮大な理論的著書の発表以降は、七〇年代の後発者から崇敬される思想家となっていった。だが『マス・イメージ論』(八四)を転機に、吉本は高度経済成長によって到来した大衆消費社会とサブカルチャーの隆盛をほぼ全面的に肯定する路線へ、すなわちマルクス原理主義からポストモダンへの転向を果たすことになる。八四年にコム・デ・ギャルソンのファッションをめぐり埴谷雄高と決裂した論争に象徴されるように、そこから彼は躊躇なく旧世代の理解者と訣別して変身を遂げていった。

そのターニングポイントとなる『マス・イメージ論』連載の第一回で高橋源一郎を取りあげ高く評価したことは、吉本自身にとっても大がかりなシフトチェンジの第一歩だったのである。

その意味で高橋源一郎『さようなら、ギャングたち』の出現は鮮明であった。ここで現在のイメージ様式そのものが高度で、かなり重い比重の〈意味〉に耐えることがはじめて示された。この作品の構成はテレビ的である。ちょうどテレビのチャネル系列のようにそれほど脈絡も首尾もない三系列の挿話群が、第一部「『中島みゆきソング・ブック』を求めて」、第二部「詩の学校」、第三部「さようなら、ギャングたち」として並列される。そしてこの三つのチャネル形式をつらぬいている作品のモチーフは〈空虚〉で〈荒唐無稽〉な物語を語ることを、そのまま真剣な倫理にしてしまうことのようにみえる。作者には現在の詩の表現様式と内実にふかい関心があって、それがこの作品の〈意味〉の全体を統覚している。

（「変成論」『マス・イメージ論』）

『マス・イメージ論』は連載が進むにつれて、〈意味〉表出の近代的規範が解体しつつある転形期の「現在」を、サブカルチャーやポップ文学が無意識に表出している「イメージ様式」を手がかりに浮き上がらせていくが、この連載第一回はまだ模索中の手探り感が濃い。『さようなら、ギャングたち』の構成を、テレビのチャンネルに結びつけて理解するところなど、――あとでも触れるが、前段に論じた村上春樹・糸井重里の『夢で会いましょう』の構成をテレビのチャンネル的と評した文脈を受けている――かなり強引な見方といっていい。高橋を絶賛していると受け取れることは間違いないとしても、むしろ吉本は高橋の作品に挑発され、ある意味では導かれて、未経験のヴィジョンを言葉にしようとしているかのようだ。

ここで両者の相思相愛の出会いを可能にしたのは、高橋自身がいう「詩の一杯詰まった」小説と「現在の詩の表現様式と内実」との共通のチャンネルによってである。この吉本の評価は、『さようなら、ギャングたち』を決定的に同時代の最前衛として世に送り出すと同時に、小説としてではなく「詩」的に読む方向をも決定づけることになったのだった。

　しかし、それはどのような「詩」だったのだろうか。

3

『さようなら、ギャングたち』を読む者は、おそらく必ず、ひたひたと胸底を浸していく悲哀のリリシズムを感じずにいられない。無垢な「詩」的な装いに包まれた優雅で感傷的な作品であること――。この作品が愛されつづける最大の理由はそこにあるといってもいい。もしこの小説に感傷的要素が欠落していて、たとえば詩の学校の教師である「わたし」の「現在の詩の表現形式と内実」を体現するだけの作品だったとしたら、文学作品としてこれほど長生きすることはとうてい適わなかったはずである。

　悲哀の抒情をもたらすのは、なんといっても第一部「『中島みゆきソング・ブック』を求めて」で書かれた「わたし」の第一子の娘「キャラウェイ」の死と別離であり、それには及ばないものの第三部「さようなら、ギャングたち」で描かれた「S・B《ソング・ブック》」との別離と死によってである。第二部「詩の学校」は、その両岸とつながる日常であり、「S・B」との出会いと暮らしを内包している。

　愛する娘と恋人を喪うという本来ありふれた物語を、だれも読んだことのないほどのナイーブさと無垢さを保ち、生もののまま封印することを可能にしたのが「詩」だった。

　第一部には、まず「名前」の失われた世界が登場する。あらゆる「名前」が死滅している。いわばこの作品を支配する基本文法が、ここで提示されているのである。


人々が自分でつけた名前には変なものが多かった。

全く変なものが多かった。

名前をつけた本人とつけられた名前が喧嘩するのはしょっちゅうで、お互いを殺し合うようになることさえあった。

わたしたちが「死」に慣れっこになったのはその頃からだ。

わたしたちはランドセルを背負って長ぐつをはき、名前と人間の双方がながした血がくるぶしまでたまった道路をじゃぶじゃぶ音を立てて小学校へ通っていた。

毎日、人間と「名前」の死躰を満載した8トントラックがコンボイ《船団》を組んで高速道路を走っていた。


（第一部Ⅰ　1）

名前が死んでいるということは、意味の重さも死んでいる。「死」という言葉の意味の重ささえ死んでいる。本来の名前が失われた結果、あらゆる名前は、綽名のような任意の名付けによって自由に言いかえられうる。これは高橋の初期作品を貫いた方法であり、たとえば『ジョン・レノン対火星人』における命名や、「すばらしい日本の戦争」が憑かれた「死躰」の幻視とも地続きである。「自分でつけた（変な）名前」の乱舞は、「『名前』の死躰を満載した」光景と、コインの裏表なのだ。

意味の重力を喪ったまま「死」が遍在しているこの世界では、言葉への疑いや躓《つまず》きも、無念やるかたない挫折も、節操のない変心も、若さゆえの愚行も、愛憎がどろどろ絡みついた別れも、すべて等しなみに重さのない記号的な「死」に包まれ、内面の欠落したおとぎ話となる。

このような「死」のラッピングによって、本来ベースにあったはずの現実の脱臭と漂白が可能になった。たとえば「わたし」がキャラウェイと「死」別するという見かけのプロットは、最初の妻であろうキャラウェイの母との離婚ないしは別居がベースになっているはずなのだが、彼女は唯一名前を与えられない存在として登場し、やがて姿を消す。


わたしはひとりの若い、健康な女と一緒に住んでいた。

わたしはその女を何と呼んでいたのかよく憶えていない。

わたしは自分が書いていた「詩」の登場人物の名前と、女の名前をしょっちゅうまちがえていた。

でも、女の方だってわたしの名前と、前の恋人や前の前の恋人や、前の前の前の恋人の名前とをまちがえてばかりいたからおあいこだった。

（第一部Ⅳ　11）


この女との関係は、いわば「まちがえ」た関係として名付けの世界から排除されている。だがもう一方のキャラウェイの「死」は、せつなくいじらしく、哀惜の限りを尽くす。彼女の「死」は役所からの予告のハガキで知らされ、死体は役所裏の幼児用墓地に役所の差向けるワゴン車で収容されることになっているのだが、「わたし」はキャラウェイを背負い、「警察署の指定のコース」を十キロも歩くのだ。


「ダディ」とキャラウェイが背中で言った。

「何？　キャラウェイ。のどがかわいたの？」

「ううん、ちがうのダディ。キャラウェイ、じぶんであるいてく」

「いいから、ダディはキャラウェイをおんぶしていきたいんだ」

子供の死躰があまり重いので、途中で、歩かせる親もいるのだ。

それぐらいなら、何故最初から「ワゴン」に頼まないのかわたしにはわからない。


（第一部Ｖ　17）

リアルの世界では、おそらく役所はたんに「女」との離婚届を受付けただけである。キャラウェイとの離別は、じつは「わたし」が選びとった選択に他ならなかったはずであり、ここでの「わたし」の悲哀とは、キャラウェイのいる家庭を捨てなければならなかった自責の念であるはずだ。そのすべての重い意味を、「死」の遍在の文法によって脱臭しメルヘンのように軽くすることが、ここでの「詩」の方法なのである。

前にも参照した最新年譜の、七一年から八〇年までの記述から、次のような「リアル」の記録を拾い出すことができる。

一九七一年（昭和四六年）　二〇歳
この年、結婚。
一九七二年（昭和四七年）　二一歳
土木作業現場でアルバイトを始める。以後一〇年間肉体労働に従事する。この年、女児誕生。離婚。結婚。
一九七三年（昭和四八年）　二二歳
この年、男児誕生。
一九七九年（昭和五四年）　二八歳
書くことを再開する。「失語症患者のリハビリテーション」の日々を送る。
一九八〇年（昭和五五年）　二九歳
この年、離婚。

たんなる副次的資料にすぎない年譜を、かくも注視するのには理由がある。高橋源一郎の年譜は、作成された年度までの情報の差異以外に、現在じつに七種類も存在するのである。まず講談社文庫版『さようなら、ギャングたち』（一九八五）巻末の「自筆年譜」は、きわめて簡素な、ドキュメントを完全に隠蔽して煙に巻いたような「詩」的年譜だった。講談社文芸文庫版『さようなら、ギャングたち』（九七）において、はじめて栗坪良樹編によって客観的な年譜が出現した。それをベースとしたものが同文庫版『ジョン・レノン対火星人』（二〇〇四）、『虹の彼方に《オーヴァー・ザ・レインボウ》』（〇六）で踏襲されているのだが、じつはその都度、結婚と離婚ならびに子供の誕生に関する記述には、書かれたり削除されたり、また復元されたりという頻繁な異同があるのだ。一方『現代詩手帖特集版　高橋源一郎』（〇三）には、私的記述が最も豊富な、まったく記述内容の異なる中垣恒幸編の年譜が掲載されている。そして本論で引用した若杉美智子編の最新年譜の前に、「文藝」二〇〇六年夏季号「特集　高橋源一郎」においては、最初の講談社文庫版の自筆年譜に、結婚と離婚の事実と、子供の誕生が名前付きで加筆された年譜が掲載されている。この「文藝」では第一子の娘、橋本麻里との対談が収められていて、他の子供の名前も発言されているから、やむをえない特別なサービスだったのかもしれない。

「自筆年譜」以外の年譜の原型は第三者によってまとめられているとしても、全ての記述の加除には、間違いなく高橋本人の手が入っていると考えられる。

家庭生活を公表しない文学者は少なくない。完全に隠蔽しとおして死後に結婚の事実が判明した詩人の鮎川信夫のような例もある。しかし高橋は逆に、奇異なほど自身のドキュメントの隠蔽と〝チラ見せ〟を、年譜と作品内で繰りかえしている作家なのである。

たとえば『ジョン・レノン対火星人』にも、「わたし」が友人「ヘーゲルの大論理学」に、これまで交渉を持った八人の女を説明する場面がある。

(1)　わたしが最初に性交した女性
(2)　わたしが逮捕される前日に性交した女性
(3)　わたしが実刑判決を受ける前日に性交した女性
(4)　わたしが釈放されてから最初に性交した女性

(5)　わたしの最初の妻
(6)　わたしが最初の妻と別れる原因となった女性
(7)　わたしの二番目の妻
(8)　わたしが最後に性交した女性

それを聞いた「ヘーゲルの大論理学」は「君はすけべーだ」と大声で評するのだが、こんなエピソードの挿入じたいが「わたし」のドキュメントの自発的な露出であることは明らかである。この作者は私的な情報を決して私小説のようには書かないけれども、「詩」的なパッケージに包まれた場では、むしろ積極的に見せたがっているのだ。いわば薄いフィルムのような「詩」的世界の下に、目を凝らすと「私」的世界がところどころ透けて見える。高橋の作品はそういう二層構造をもっているのである。

もし右の引用でいう(5)(6)(7)が、「わたし」のキャラウェイとの「詩」的別れの、「私」的世界での下地につながっているとすれば、「最初の妻と別れる原因となった女性」あるいは「二番目の妻」である「S・B」との出会いは、「詩」的隠蔽によって巧妙にずらされていることになる。さもなければ「S・B」は、さらに「二番目の妻と別れる原因となった女性」あるいは「三番目の妻」ということになる。

「わたし」が「キャラウェイ」と呼んだ娘は、「女」からは「『緑の小指』ちゃん」と呼ばれていた。父母に共有されない名前をもつ娘の、幼児用墓地での最後の言葉は次のようである。

ずっと時間がたって、閉館を知らせる鐘の音が、鳴りひびいた。
「ダディ」
その声はキャラウェイの声には似ていなかった。おばあさんみたいな声で。
わたしにではなく、ひとりごとを言っているように。
「わたしのこゆび、みどりいろになっちゃった」

「おいたをしたからだわ」

（第一部Ｖ　24と25）

この場面は、離婚によって娘の親権が「女」に移ったことを暗示する。大好きな父親との理不尽な別れを娘は、自分が「おいたをしたから」だと受けとめている。しかし「キャラウェイ」を自ら墓地に運んで葬ったのは、いうまでもなく「わたし」の意志的決定なのである。その事態を招いた責任が自分にあることを彼はふかく承知している。

このような解釈を背景に読み込むことを可能にしているのは、他ならぬ作者による多発的な自己注釈であり、その決して書かれない私小説的なドキュメントの潜在によって、この「詩」的場面の哀切さは裏づけられているといわなければならない。

4

第二部冒頭での、はげしい雨に濡れながら猫の入ったバスケットをもちお腹を空かせていた「S・B」との出会いは、手放しなロマンスに染まっている。「詩の学校」のあるビルで「わたし」がデートを重ね結ばれる「S・B」は、たとえば「現代詩手帖」編集部のような詩の現場に近いところにいた人物であり、また大島弓子の引用から少女マンガ好きな女性を思わせる。具体的には八五年に三度目の結婚をすることになる女性（のちの谷川直子）との出会いが、この第二部には記録されていると見ていいだろう。

「わたし」は「詩の学校」で教えている。さまざまな生徒の相談に乗り、ヴェルギリウスから木星人まで、あらゆる「詩」の課題と出会い、そののち「わたし」は「S・B」のもとへ帰る。「詩」を求めての彷徨を描く第二部は、第一部と第三部のあいだで、いささか退屈といわざるをえない。作品全体を覆うエレジーの要素が、ここには欠如しているのだ。キャラウェイとの辛い別離を乗りこえたはずの「わたし」は、やたら好人物で少しにやけて見える。

そんな「S・B」との蜜月と「詩の学校」の日常は、第三部「さようなら、ギャングたち」で破壊される。「S・B」は四人の「ギャングたち」の一人「美しいギャング」に「戻っておいで」と呼ばれ、彼らの一員として活動に加わるが、立てこもったビルを機動隊に囲まれる。「ギャングたち」が次々と国家に殺されるのを、「わたし」は猫の「ヘンリー4世」とテレビ中継で目撃する。そして「S・B」は「美しいギャング」とビルの屋上へ、さらに貯水槽の上の展望台へ追い詰められ、壮烈な自決を遂げるのだ。

一九七二年の浅間山荘事件を遠景として、大江健三郎の『洪水はわが魂に及び』（七三）のラストシーンを重ねあわせたようなこの場面のあと、「ヘンリー4世」に死亡予告のハガキが届く。少しずつ小さくなって「くさく」なっていく「ヘンリー4世」に、「わたし」は針を刺して死を幇助する。ボリス・ヴィアンの『うたかたの日々』における二十日鼠の最期を思い出させるこの〝殉死〟のあと、「わたし」は自らもギャングのように行動を開始する。「ギャング研究家」像をナイフで刺殺し、「幼児用墓地」に時限爆弾を仕掛けるのだが、墓地は無事なまま、受付の女の子だけが腹に穴が開いて犠牲者になる。これは無関係な市民に多数の死傷者を出した七四年の三菱重工爆破事件を思い出させる。

この第三部の推移を見るかぎり「ギャング」とは、国家権力から殲滅すべしと宣告され追いつめられていったテロリストの異名に他ならないと思える。そして「テロリストたち」が起こした事件のドキュメントがここには踏まえられていると見える。だとすれば、「さようなら、ギャングたち」とは、東京拘置所を出所したあと、何度も家庭を持ち肉体労働をしながらようやく一般市民に帰還した高橋が、六〇年代の革命闘争との訣別をかたちにした「詩」的回想なのだ。

ラスト近く、気づけば「わたし」はまた、「詩の学校」の教室にいる。


わたしは今「詩の学校」の中に居る。

部屋は暗い。

さっき壁のむこうでトイレのパイプがごぼごぼ鳴る音がきこえた。本当に可笑しいな、吸血鬼ってやつは。

（第三部Ⅱ　50）


わたしはペンを机の上におくと椅子から立ち上がってあくびをした。

もう書くことは何もない。

わたしはとうとう現在に追いついてしまった。

（同51）


「吸血鬼」と、彼が用を足したあとのトイレのパイプの鳴る音は、第二部のⅠ「吸血鬼なんかこわくない」に登場していた。「詩の学校」での「わたし」の授業内容が書かれるのは、その直後からである。すなわち吸血鬼の登場から「まっくらになった」「教室」を経由して、第三部ラストのこの「教室」の場面にいたる飛び石状の時間は、「わたし」が机に向かって書きつづけている「現在」なのだ。

つまりこの作品は、すべて「わたし」の回想として書きつけられていたことになる。

明らかに高橋はそう書くよりなかったのである。

「名前」と意味の重力が死滅し、あらゆるものが自由に戯れに名付けられ、つまり表現の「死」があらかじめ宣告されているような世界で、なおかつ書かずにいられないモチベーションを構成しているものとは、もはやオリジナルな物語を文学的に築き上げようというような意欲ではありえない。

高橋源一郎にオリジナリティはない。あらゆるオリジナリティ（名前）が死滅したという地点から、彼が出発しているからである。

拘置所体験と失語症体験、女や子供との別離、新たな女との出会い、「詩」の恢復——つまりは自身のドキュメントを原資とするほか、高橋に書きようはなかったのである。

それを「詩」と呼ぶ高橋のデビュー作とは、つまるところ「詩」的な自分史、同時代史に他ならなかった。

5

第三作『虹の彼方に《オーヴァー・ザ・レインボウ》』（八四）の執筆中に、彼は「失語症患者のリハビリテーション　ぼくの個人的な『一九六〇年代』」というエッセイを書いている。一九七〇年の東京拘置所時代、週に二度差し入れに訪れるガール・フレンドと「何を話せばよいのかわからなくなってきた」という発端から、それは始まった。やがて何か書こうと思っても「言いたいこと、かきたいことがあるのに、いざ、しゃべり、かこうとすると、まるで強制されているような気がする」症状に進行し、釈放後も長期にわたって「失語症」が残ったという。

> その後、一九七八年の終わり頃まで、ぼくは読むこともかくことも考えることも、ほぼ全面的に止めてしまいました。（中略）
> 一九七九年になって、ぼくはしゃべり、あるいはかくことを再開しました。リハビリテー

ションの開始です。その時になって、ぼくは自分がしゃべりたかったこと、からだのどこかにひっかかっていたことが、「一九六〇年代」という種類のことではないことに気づきました。ぼくがのぞんでいたのは、例えば、目の前にあるティー・カップについて正確にしゃべりたいというようなことだったのです。

（「失語症患者のリハビリテーション」『ぼくがしまうま語をしゃべった頃』）

この「失語症」の告白もまた、自己のドキュメントに対する「詩」的注釈であり、高橋の作品の一つだといわなければならない。

このエッセイは、高橋の特異な作風の舞台裏を解き明かす資料として、私も含め彼の文学を評する言説では長いあいだ参照されてきた。病理的な意味での失語症ではなく、かなりロマンティックな命名である「失語症」と、そこからの恢復の物語がたやすく信じられたのは、「政治の季節」の終焉と転向に伴った心的外傷のアナロジーとしてうってつけだったからである。「名前」が死滅した「失語症」は、幼児のような言葉の無垢へ差し戻された地点を人工的に生みだし、そこから「ティー・カップ」までの再構築が試みられることになる。そのプロセスを高橋は「詩」と総称しているのであり、『さようなら、ギャングたち』の「詩の学校」とは、その再構築の具体的なさまざまなアプローチに他ならない。

しかし、この「失語症」には既視感が伴う。

高橋とほとんど同じ時期の「失語症」を、村上春樹がすでに書いていたのである。『風の歌を聴け』の冒頭を思い出そう。

しかし、それでもやはり何かを書くという段になると、いつも絶望的な気分に襲われることになった。僕に書くことのできる領域はあまりにも限られたものだったからだ。例えば象について何かが書けたとしても、象使いについては何も書けないかもしれない。そういうことだ。

8年間、僕はそうしたジレンマを抱き続けた。――8年間。長い歳月だ。

（中略）

今、僕は語ろうと思う。

もちろん問題は何ひとつ解決してはいないし、語り終えた時点でもあるいは事態は全く同じということになるかもしれない。結局のところ、文章を書くことは自己療養の手段ではなく、自己療養へのささやかな試みにしか過ぎないからだ。

しかし、正直に語ることはひどくむずかしい。僕が正直になろうとすればするほど、正確な言葉は闇の奥深くへと沈みこんでいく。

高橋の場合は一九七〇年の東京拘置所から七八年までが「失語」の期間であった。七九年にデビューした村上が「8年間」と書いている「ジレンマ」の期間は、無気味なほどぴったり重なる。

この符合は、いったい何を意味するのか。

村上春樹もデビュー作に、ヴォネガットやブローティガンの影響が指摘されていた。両者の特徴である断章形式も、村上と高橋はどちらも踏襲している。同じ現代アメリカ文学のルーツの影響が、二歳違いの兄弟のように二人の作家を生み出したのだろうか。あるいはともに六九年の政治活動に加わった経験をもつ両者は、瓜二つの心的外傷を負ったのだろうか。

先に引用した吉本隆明の『マス・イメージ論』で、『さようなら、ギャングたち』が取り上げられた連載第一回の「変成論」には、じつは『ギャング』以前に論じられている作品が三つある。まずカフカの『変身』、次いで筒井康隆の『脱走と追跡のサンバ』、そして糸井重里と村上春樹の共著『夢で会いましょう』である。「人間」の精神と世界の結びつきが急速に「変成」し、「にせもの」や「模造」のように意識される世界イメージを、吉本は読み取っていく。高橋の作品を論じた部分が「その意味で」で始まっていたのは、まさにその文脈なのである。

二十世紀文学の可能性と難所を同時に予言したかのようなカフカから、七〇年代半ばに「超虚構理論」の構想を掲げ先駆的なメタフィクションを実践していた筒井、前衛を「ゆるさ」に下降させた糸井、そして「書けなさ」の自覚から書きはじめた村上――、彼らをつなぐ「変成」の文脈に、高橋のデビューもまた連なっていたことは確かである。

しかし、じつはもっと直截で具体的な接点があったのである。

高橋は長いあいだ、インタビューなどで村上春樹を読んだことがないと表明していた。しかし二〇〇六年の「文藝」夏季号「特集　高橋源一郎」に掲載された内田樹によるインタビューにおいて、『風の歌を聴け』との出会いを初めて明かしている。群像新人文学賞受賞作の『風の歌を聴け』が掲載された「群像」を彼は立ち読みし、その一ページ目を読んだだけで「これはヤバイって思った」というのである。

高橋　五月七日に新人賞が載る六月号が発売だった。それで忘れもしない七九年、横浜の有隣堂で一ページ目をめくって読んで。たぶん僕はそれを読んで、世界で一番衝撃を受けた人間かもしれない。僕はその前に十年分読んでいて新しい作家なんか誰もいなかったので安心してたんです。それが一ページ目を読んで「……いたよ」って（笑）。

（中略）

あの日のことは忘れられない。なぜかというとそのちょっと前に『さようなら、ギャングたち』の全体像も浮かんでいて、「しめしめ、これで世界は俺のものだ」っていう感じだったんです。ところが一ページで、「あ、この人はわかってるな」と思った。同じ学年かと思ったら少し上だったんだよね。「僕より先にやるなよ。まずい、やめてくれよ」って思った。僕は何十年小説を読んでてそういう思いは一回だけですけどね。

（中略）

でも、あとは読まなくても何が書いてあるかわかると思った。わかるんだよね、やろうとしていることが。その瞬間思ったのは、この人は僕のすごく近いところにいる、でも結局全然違うところに行くんだろうなってことだった。それで余計にヤバイと思ったんだ。

これほど生々しく率直に同時代の作家への対抗意識が語られたことは稀だろう。高橋は『風の歌を聴け』の冒頭の、まさに「8年間」の「失語」と「自己療養」の部分を、衝撃とともに読んでいた事実を認めているのである。引用では略した「いやあ、今日はいい証言を聞いた」、「すごいね」という内田の受け応えからも驚きが伝わってくるが、私が驚くのは、村上が自分と「すごく近いところ」から「全然違うところに行く」ことを、このとき高橋が瞬時に悟ったというくだりである。

それはこういう風にいいなおすことができる。「すごく近いところ」にいる村上と、自分は「全然違うところに行」かなければならないことを、この瞬間に高橋は自分に命じたのだ、と。

その「違うところ」が、はっきり表れた部分がある。

第二部「詩の学校」に登場するさまざまな生徒の一人に、天体観測が好きな「バニラ少年」がいる。彼は一知半解の詩のマニアなのだが、詩が書けない。


「でもどうやって書いていいかわかんない」と、バニラアイスをなめながら男の子が言った。

「君の好きなように書いたらいいよ」と、チョコレートアイスをなめながらわたしは答えた。

「だって、口語にするか文語にするかとか、散文とか韻文とか、十四行詩《ソネット》で書くとか、直喩をあまりつかってはいけないとか、『わたしの中の「瞬間の王」は死んだ』のかどうかとか、いろいろあるでしょう?」とバニラ少年は言った。

まずいぞ、これは、バニラ少年は詩の批評なんておそろしいものを読んだんだ。それはもっと大人になってから読むべきものなのに。

「いいかい」とわたしは言った。

「『自分で詩だと思ったものが詩なんだ。他人が詩だと思っても、自分が詩だと思わなければ詩ではない』これをぼくに教えてくれたのが誰かわかる?」

「わかんない」

「火星人だよ。ぼくは火星人の母船《マザーシップ》につれてゆかれて、そこで教わったんだ」

（第二部Ⅱ　4）

これを読んで思い出さずにおれないのは、村上春樹の『風の歌を聴け』で十四歳の無口な「僕」が、精神科医のもとで受けた治療のエピソードである。そこでは「アップルパイやパンケーキや蜜のついたクロワッサンを食べながら」治療が行われている。まず精神科医は「文明とは伝達である」と宣言し、「もし何かを表現できないなら、それは存在しないのも同じだ。いいかい、ゼロだ」と告げるのである。それに対する「僕」の反応は、次のようである。

医者の言ったことは正しい。文明とは伝達である。表現し、伝達すべきことが失くなった時、文明は終る。パチン……ＯＦＦ。

（『風の歌を聴け』7）

こうしてあまりに正論である「文明」の壁の前に彼の心は閉ざされ、失語の芽が「僕」の心にふかく根を下ろす。少年の心は「ＯＦＦ」に追いこまれていくのだ。

この精神科医をあたかも反面教師にしたように、『さようなら、ギャングたち』の「わたし」は、最大限の寛容と配慮を少年に注いでいる。知識はあっても書き手としては「ゼロ」の「バニラ少年」は、高橋自身のかつてのナイーブな分身でもあるだろう。わずかな悪意や無理解でたやすく萎れてしまう言葉の芽の創造性を、「わたし」はひたむきに信じようとしている。名前が死滅した「文明」の廃墟から、彼は新たな「詩」の誕生を待望しているのである。

生徒たちはみんな帰ってしまった。

わたしは今、ひとりで「教室」の中にすわって今日の授業の反省をしている。

わたしは生徒たちに、わたしの価値観や美意識を無理矢理おしつけなかっただろうか？

わたしは生徒たちに忍耐強く接しただろうか？

わたしは生徒たちの表現に変なところがあるといって怒鳴りつけたりしなかっただろうか？

わたしは生徒たちにむかって、何でも知ってるという素振りを見せただろうか？

わたしは生徒たちと一緒に、「詩」の一歩手前までまちがえずに進んでいっただろうか？

「S・Bブレンド」が残っているのでわたしはそれをのんだ。


電気が消えた。

教室の中はまっくらになった。


（第二部Ⅱ　9）


「わたし」はまるで母親である。「詩」は、生徒たち一人一人のポテンシャルに存在する。彼らのなかから「わたし」は赤ちゃんのように生まれたての言葉を引き出そうとしている。「ゼロ」から生まれた言葉、といいかえてもいい。

もちろん「詩の学校」とは、「ゼロ」から再生しようとする「わたし」自身の内的な対話である。『詩』の一歩手前まで」近づく「失語症患者のリハビリテーション」の日々が、教師と生徒に分かれて演じられているのだ。

ところが、このとき「わたし」の「すごく近いところ」には、もう一人の失語した詩人が寄り添っている。「バニラ少年」の発言中の「『瞬間の王』は死んだ」――この言葉を残して、そののち詩を書かなくなった偉大な詩人、谷川雁である。

6

魔術のように隠喩を駆使した詩で圧倒的な存在感を示した谷川は、一九六〇年に刊行された『谷川雁詩集』の「あとがき」で、「私のなかにあった『瞬間の王』は死んだ」と書き、以後は詩作しないことを宣言した。しかし彼はまた天才的なアジテーション能力を持つ革命の「工作者」でもあった。五二年発表の詩の一節「東京へゆくな　ふるさとを創れ」を実践するように、五八年福岡県中間市の炭鉱労働者の居住地に森崎和江とともに移住し、雑誌「サークル村」を創刊した彼は、六〇年安保闘争を機に日本共産党を離党したのち、吉本隆明たちと「六月行動委員会」を組織し、次いで雑誌「試行」に参加する。

その間も谷川は筑豊の大正炭鉱で「大正行動隊」を組織し、一方的に閉山と従業員解雇へ向かおうとする会社側と闘争しつづけた。そこで展開された既成左翼組織の官僚的硬直とは無縁な、自立した個人の連合による谷川の組織論と闘争方針は、のちの全共闘にも大きな影響を与えた。六九年の東大紛争で安田講堂の壁に書かれた「連帯を求めて孤立を恐れず」とは、まさに谷川の言葉である。

ところが詩作の断筆以上に大きな転機が谷川に訪れる。六五年、大正炭鉱の闘争が閉山によって終息するや否や、彼は子ども向けの英語教育を展開する会社「テック」に入社し、「ラボ教育センター」の中心人物として活動しはじめた。そして六七年からは、ジャーナリズムでの執筆活動をも途絶してしまうのだ。その沈黙は内紛によって「ラボ」を追われる八〇年まで続いたが、復帰したあとも谷川は「ラボ」時代のことはほとんど語らなかった。

あらゆる谷川雁の研究者や評者から「空白の十五年」と呼ばれ、謎の転身のようにしか扱われてこなかったこの「ラボ」時代を、身近に仕えていた松本輝夫が『谷川雁　永久工作者の言霊』（平凡社新書）で明らかにしている。

同書に、「ラボ」を立ち上げた当時の谷川が、新聞のインタビューに答えた際の発言が記録されている。

「私は詩を書かないと宣言しました。……もはやことばの表現が、現実の重みにたえられない事態になってきています。……いまは……人間が全身全霊をかけて、ムキになるようなものは何もないのです。そういうときには〝言語喪失〟の危機感がおこります。だから、私は人類が考えるべきつぎの問題は何かということとにらみあわせながら、基礎的なところから、新しいことばをみがきあげていこうと考えたのです」

（「〝二ヵ国語時代〟来たる」、「毎日新聞」一九六六年八月十日夕刊）

「〝言語喪失〟の危機」に直面した状況で、「基礎的なところから、新しいことばをみがきあげていこう」とするこの発言の内容は、『さようなら、ギャングたち』の「詩の学校」と「すごく近いところ」にある。「ことばの表現が、現実の重みにたえられない事態」を鋭く察知した谷川の感性は、八〇年代になって世界イメージの「変成」に急速に適応しようとした吉本隆明を、まさに十五年先取りしていたといっていい。

谷川のいう危機の根拠には、エネルギー革命によって炭鉱労働者の闘争が時代から取り残されたことや、六四年の東京オリンピックによって経済成長が一気に大衆に浸透したことが挙げられるだろう。左翼的な革命目的そのものの空洞化を、「工作者」として彼はだれよりも鋭敏に自覚したのである。「瞬間の王」の死に次ぐ革命の死——。そこから谷川の「学校」は始まっている。五歳児からの英語教育を事業化した「ラボ」で、盟友のC・W・ニコルが英語を担当し、谷川は「国生み」神話をはじめとする物語テープのテキスト制作を担当した。さらに「テューター」の指導による学習拠点「パーティ」のネットワーク組織化、言語学者のノーム・チョムスキーやロマン・ヤコブソンの来日講演のデモンストレーションなど、谷川は「工作者」の本領をここでも遺憾なく発揮する。既成の文学と絶縁した場所で「新しいことば」を創出しようとする革命を目指していたともいえる。

この「言語喪失」から「学校」の創出にいたった谷川の軌跡を、高橋の「詩の学校」はあたかも個人史の文脈に変換してなぞっているかのようだ。さらに五歳児からの教育による「新しいことば」の模索を範としたように、高橋は「キャラウェイ」をはじめとして〝幼きもの〟に執着しつづけている。『さようなら、ギャングたち』から三十年後の『さよならクリストファー・ロビン』まで、〝幼きもの〟との対話と、喪われゆくイノセンスのエレジーが彼の小説の主調音である。

高橋の「失語症患者のリハビリテーション」に伴うこのような既視感は、「言語喪失」の危機が彼の私的ドキュメントの身振りを超えて、六〇年代から七〇年代にかけて急転換した時代状況と連動していたことを物語っている。後期資本主義の異常なまでの発達がもたらした世界の変貌に、言葉は追いつけず宙吊りになった。名前と意味の体系的結合がほどけて不確定になってしまった。高橋の「失語症」と「詩の学校」は、その世界の「変成」の正確な反映であり、優れた適応として現出していたのだ。

高橋源一郎という作家の特異さが、ここから見えてくる。

日本の現代文学において強烈な個性を発揮しつづけてきた彼は、ある意味で自我もオリジナリティもほとんど空洞の、それゆえに透明度の高いレンズなのであり、時代状況の正確な見者に他ならない。たとえば『恋する原発』のように、限りなく形而下で最底辺の「私」的な事象と、世界の露わな歪みのドキュメントが相互の隠喩であるかのようにつながった地点に、彼の「小説」はいつも成立してきた。

それをアクチュアリティと呼ぶとすれば、彼の小説に備わっているのは、むしろアクチュアリティだけなのだ。世界の歪みの前であらゆる者が無力で空虚な被造物であることの優雅で感傷的なエレジーが、そうして幾たびも奏でられることになるだろう。『さようなら、ギャングたち』によるデビューは、高橋をそういう作家人生へと押しだしたのである。

ラストの二つの断章で「ギャング」の意味が入れかわる。革命を信じた哀れな活動家という狭義の「ギャング」はすでに滅んだ。しかし退屈な世界に変革をもたらす広義の「ギャング」たろうとすることはできるのではないか。「わたし」は自分がそういう栄誉ある「ギャング」であることを証明しようとするのだ。

わたしはギャングだったんだ。わたしは詩人なんかではなかった。わたしは生まれてから、ずっとギャングだったんだ。

わたしは今からそれを証明しようとしている。

わたしはわたしの心臓に一発ぶちこんだ後、すごくナイスな、すごくすごくナイスな気もちでめざめるだろう。

（第三部Ⅱ　52）

役所の前に展示されている自殺した「びっこのギャング」を見学しにやって来た少年たちは、死躰の前にたつと落胆の声をあげた。

死躰がくさっていたからだ。

「ギャングの死躰はくさらないっていうよな」と一人が言った。

「じゃ、こいつはニセモノなんだ」と一人が言った。

「くさったギャングなんかナイスじゃないな」

「うん、くさった、ニセモノのギャングなんか」

少年たちはもっとナイスなもののある方へのろのろと歩きはじめた。

（エピローグ）

「ギャング」はもはや蘇ることができない。行為者として工作者として、世界の「変成」の先導をとる英雄になることはできない。われわれは等しく「変成」に流されていくアノニムな存在であり、ニセモノに成り下がった近代の末裔であり、「ナイスなもの」を探して世界を移動しつづける漂流者なのだ。この作品は最後にそう告げる。

村上春樹の「すごく近いところ」に敏感に共振しつつ、「全然違うところ」へ向かおうと志した高橋の、それがアンサーだった。

高橋源一郎の文学は、文学が終わってしまった地点から出発した。そんな彼は文学の始原の熱心な探索者となるほかないだろう。『日本文学盛衰史』のように、近代文学史上の「変成」に直面した幾多の文学者が「ギャング」たりえた現場を、彼は幾たびも訪ねつづけるだろう。その透明なレンズで、新しい言葉が誕生する瞬間を渇望しつづけるだろう。

こうして高橋は優雅で感傷的な、そして憂鬱を抱えもった現代文学の見者となったのだ。

第4章

地獄絵のマニフェスト
――笙野頼子『極楽』

1

高橋源一郎がデビューを期していた『すばらしい日本の戦争』を退けて、一九八一年に第二十四回群像新人文学賞を受賞したのが笙野頼子の『極楽』であることは、前章ですでに触れた。

この二人のデビューとその後十年の、対照的なすれ違い方は興味深い。

高橋源一郎のデビュー作『さようなら、ギャングたち』は、代表作としてあまりに高い評価を得たために、のちの作家生活を後押しする以上に抑圧することになった感がある。デビュー作を上回る意欲で取りくんだ長編『ゴーストバスターズ』を高橋は書きあぐね、デビュー後十年も過ぎた九二年に「第一部」を発表したものの、完成までさらに五年かかり、その間は他の小説がまったく書けなかった。

一方、笙野のデビュー作は、笙野の読者にとっても遠い初期に書かれた、笙野らしくない作品という位置づけに甘んじている。まだ作風が固まっていない習作段階での、早すぎたデビュー作と評されても仕方ないかもしれない。しかしデビュー後十年たったころから笙野は頭角を現しはじめ、九一年に『なにもしてない』で野間文芸新人賞を、九四年に『二百回忌』で三島賞を、同年『タイムスリップ・コンビナート』で芥川賞を続けざまに受賞して、新人賞の初の三冠王となった。まさに笙野はデビュー後十年をかけて〝化ける〟のに成功し、ようやく私たちの知る笙野頼子になりおおせたと見える。

しかし、この『極楽』が孕んでいたものは、いまだ十分顧みられていないままだ。「難解」と一般読者から評されがちな笙野の作品の中で、『極楽』の特異さはのちに一家を成した笙野らしさから遠いゆえに、かえって近づく手掛かりに乏しい難解な異色作といえるかもしれない。いいかえれば私たちのよく知らない笙野頼子の進化の源が、ここには眠っているのである。

『極楽』は、家庭を持つ男性「檜皮《ひわだ》」を三人称で語る小説である。このような設定自体が、笙野の小説では特異である。文章も決して未熟ではない。ただ、のちの笙野に比べるとずいぶん古風だ。たとえば檜皮が兄の青磁と並んで立った場面の描写を見てみよう。

首都で発行されている一般向きの観光誌に〝夢を売る店〟としてその紹介と写真が出た時、檜皮は駆り出されて青磁と並び肩を組んでポーズを取った。店の壁には、陶芸作家でもあり画家でもある彼の名前と経歴がやや大げさに記されており、出ないわけにはいかなかったのである。

犬歯を剝き出しにし、甘く不気味な美貌をだらしなく崩し、いささか首を傾げ気味に如才なく微笑んでいる青磁の横で、彼より頭ひとつ低い小柄な檜皮は不器用な小学生みたいに緊張し、四角い茶色い顔を強ばらせてどうにかこうにか笑う事ができた。無理に開いた口からはこればかりが青磁とお揃いの犬歯がにゅっと出ていて、彼らが兄弟である事が辛うじて判るのであった。

思い入れや感情を排し、整然とした客観的叙述に徹したこの文体は、二十代半ばの作者の若さに似合わない、むしろ老成した風格を帯びている。いわば楷書の近代文学であり、笙野頼子よりもあえて類比するなら大岡昇平に近い。

立命館大学法学部を卒業した年に、笙野は『極楽』を書いた。松浦理英子との対談『おカルトお毒味定食』（一九九四）のなかで、『極楽』での文体を笙野は「悪文ですけど」と振りかえりながら、「民事訴訟法をやったから、きちんと論理的に書こうとか、根源的問いかけをやろうとか、その時はすごい思い上がっていましたから、一〇〇年たっても残るような抽象的文章で書こうと思っていたんです」と述べている。

この文体で、笙野は架空の男性、檜皮の家庭環境を酷薄なまでの正確さで綿密に描いていく。兄の青磁が経営する京都の土産物屋に、檜皮は陶芸作品を置いて売ってもらっている。数代続いたその店を残して、父は急死した。檜皮より三歳年上の青磁は甘く不気味な美貌の持ち主で、恋愛結婚した妻の式子がいる。閉鎖的で意固地な青磁の母親は、息子を奪った嫁の悪口を言いつづけている。「この一族はドケチと切れ者と閉鎖的孤立者とで成り立っていた」と書かれる「閉鎖的孤立者」には、檜皮も含まれる。

店から歩いて二、三十分の古家に住む檜皮の家族は、妻の綾子と、小学三年生になる娘の羅美《らみ》である。式子に紹介されて見合い結婚した綾子は、檜皮より六センチも背が高く三つ半年上である。家に子供を集めて習字を教えて生計を助けている。娘を檜皮は可愛がり、娘も父が好きだった。しかし檜皮の家族は、美貌と資本を握っている兄夫婦に対して、圧倒的な醜さと暗さに包まれている。

見合いの際に、綾子の「形状」を観察した檜皮は「異様な不快感」を覚えた。結婚式の前日になって彼は不快感の原因に気づく。「(横から見ると特にひどいが)綾子の顔の肉と綾子の臀部の肉とはまったく相似形と言ってもいい位によく似ていた」のである。そんな妻に対して檜皮は、「遊び半分みたいな自己犠牲の陶酔、かりそめの感動」によって「仮普請のような愛情」を形成していった。

そして暗い表情をしている背の低い娘の羅美は、決して笑わず口をきかない。

誰とも仲良しにならなかったし檜皮が喋り続けていてもまったく反応を示さず返事もしなかった。しかしこの子が一番好きなのは〝おとうさん〟だった。陰気な性格と激しい好き嫌いが環境から来るものだとしても、全く檜皮そっくりだった。(それがまた檜皮を一層寛容にしていたのである。)檜皮はただの一度も子供を叱った事がなかった。しかし子供の好き嫌いについて、ただひとつだけ閉口している事があった。

子供は檜皮の描いた絵を死ぬ程忌み嫌っていたのである。

外見がそろって劣悪で、暗く社会性に乏しい一家の、それでも保たれたささやかな情愛の紐《ちゆう》帯《たい》からも、さらに受け入れられずグロテスクに食《は》み出たもの——それが檜皮の六畳の画室に九年間鎮座している百号の未完成な「地獄絵」なのだった。

いわゆる火炎地獄や血の池地獄といった地獄の情景が描かれた絵ではない。檜皮にはそれが「地獄絵」そのものではなく、「地獄」をはぐくむ「背景」と考えられている。「塗り重ねられた絵の具やその他のものの厚み」からなり、「形あるものをとらえるのは難し」く、「一様にけばだって」「糸でも引きそうに汚らしい微小な繊毛の群生にしか見えな」い無気味な絵なのである。

2

思えば『極楽』は八〇年代以降の小説に顕著な、サブカルチャーに染まったポップな「明るさ」指向の対極にあった。七九年には尾辻克彦が『肌ざわり』で、村上春樹が『風の歌を聴け』で、八〇年に田中康夫が『なんとなく、クリスタル』で、そして八一年に高橋源一郎が『さようなら、ギャングたち』でデビューしている。その同時代の「新人」たちのあいだに置いたとき、この小説の異様なまでの暗さは突出している。しかもその暗さは、たとえば村上春樹と高橋源一郎が払拭し乗り越えようとした、革命や反体制の観念に染まった六〇年代的な重苦しさともまったく異質である。

七〇年代から八〇年代にかけて、欧米型のライフスタイルを広める雑誌の創刊が相次いだ。女性雑誌なら「an・an」（七〇）、「non-no」（七一）、「JJ」（七五）、「MORE」（七七）、「クロワッサン」（七七）、「25ans」（八〇）。男性雑誌でも、「POPEYE」（七六）、「Hot-Dog PRESS」（七九）、「BRUTUS」（八〇）と枚挙にいとまがない。これらに詰めこまれた英字とカタカナだらけの欧米ブランド商品とモードとリゾートの膨大な情報は、年齢層や嗜好に応じて差別化され、より細かく分類化されていった。暗くて地味な日本人をてっとり早く欧米人に着せかえようとでもするような、一種の経済的な文明開化が訪れていたのである。

高度経済成長による生活意識の変化が消費活動的な「明るさ」へがむしゃらに向かう一方で、八〇年代は「ネクラ」という言葉を生みだした。本来は（タモリが番組中で自分を評していったという説が流布している）明るく見えてもじつは根が暗い性格、という複合的な意味だったものが、やがて根っからの暗い性格、という一義的な否定的レッテルの機能を発揮するようになり、さらには虐《いじ》めの対象に向ける攻撃的な蔑称として猛威を振るうことになる。「ネクラ」という流行語じたいは終息した今日もなお、地味で口数が少なく内向的な人間が、「クライ」「キモイ」と周囲から見られ排除や虐めの対象となりがちな傾向は続いている。

檜皮の一家は、通称「アン・ノン族」が押し寄せる京都で、ブランド名と観光リゾートが跋扈《ばっこ》する時代にあって、それらと見事なまでに無縁な、陰気で閉鎖的な性格に覆われている。容貌も性格も「クライ」「キモイ」。周囲から蔑視と無視を受けている。このような『極楽』の世界の暗さとは、逆説的にまさに八〇年代的であり、やみくもな「明るさ」指向がもたらす抑圧と疎外を先取りするものだったのである。


幼年期から思春期に至るまでを檜皮は無自覚な汚物のように暮らした。彼ほど〝嫌な餓鬼〟はなかったのだ。誰からも嫌われ、誰ひとりにもなつかなかった。（中略）腹の底にある脅えや小心、他人に対する無神経と鈍重、それに加えて無いに等しい鈍い運動・反射神経は周囲を苛々させるために生きている人間特有のものであった。背が低く、がりがりに痩せていたせいもあって外見だけでも他人からは軽んじられた。

生まれ育った家庭も、彼にとっては「母親の無関心と自閉、青磁の完全な無視及び時折爆発する病気のような罵倒、それに檜皮とよく似た性格のため外界で抑圧されている父親の憎悪が含まれた恒常的なやつあたり」によって、「どうにも逃れがたくおぞましい共同体」だった。

にもかかわらず、この物語は檜皮の受難史ではない。精神の地獄で育った彼の、絵画による逆襲を描くのである。檜皮の内部には悪意と憎悪が溜めこまれていく。その憎悪を純粋抽出した、たった一枚の「地獄絵」を描くために彼は模索しつづけているのだ。

そんな彼の生活背景と成長史、外からは窺い知れない製作過程を、「極楽」は精密に、ルポルタージュのように辿っていく。

そのプロセスは、大きく分ければ三つの段階からなる。

まずは中学時代のデッサン期である。

いつか描かれるべき地獄絵の「背景」のための「下絵」として、檜皮は「四千七百五十九枚」もの「残酷絵」と称されるデッサンを描いた。そこにはしばしば家族の顔も描かれた。彼は「目に見えるものを克明にありのままに描写する能力にだけは同年齢の少年たちからかけ離れて秀でていた」。廊下を写生しても、バケツに付いた埃の汚れや廊下に落ちているタワシの毛まで描かずにいられないほどで、強迫観念に近いまでの能力だった。「残酷絵」はその描写力で、殺人衝動の代償行為のように描かれたデッサンなのである。たとえば「№一五七」は、彼を叱りつづけた中学の美術教師の人体輪切りの集合として表現された。

しかしこの「ありのまま」の克明な描写の時代は、二年とたたないうちに「禁忌」の自覚を迎える。つまり現実にはない「嘘」を自分が描きつづけていたことに彼は気づくのである。彼の自意識に変化が訪れる。

高校進学後に地獄草子の部分絵と出会ったのが契機で、檜皮は様式としての「地獄絵」に目覚める。古都の歴史に染みついた「虐殺、怨恨、飢餓、妄執」を吸収して、「あらゆる怒り、憎しみ、恐怖、疎外、すべての〝悪しきもの〟の集成」であり、「彼のいる場所にあるのと同じ種類の人々の苦しみと叫び」を定着させる様式として、ようやく「地獄絵」のヴィジョンを思い浮かべるようになる。

檜皮はすでに私的な恨みつらみを残す事には無関心だった。彼は〝憎悪〟という人を大きく動かし得る〝崇高な〟感情に強くひかれるようになっていた。純粋培養された、だれの息も掛っていないだれのものでもないがすべての人間の共有しうる〝完全な憎悪〟を描こうと志した。同時にその完全な憎悪にかかわりあうもの、すなわち憎悪の対象となるもの、憎悪の原因、結果、憎悪を取り巻くもの総て、つまりは〝悪〟を描こうとした。

私怨の動機からも、偏執的なリアリズムからも脱却した、観念的普遍的な表象の自覚がここにはある。

熱心に通う図書館で漁る本も、刑罰史の類から美術書と歴史書に変わる。しかし私立大学教育学部の中学美術科に進学して二年間に描いた二十数点の油絵作品も、彼を満足させなかった。「地獄絵」を志してから五年、憎悪はしばしば薄れ、彼の確信は揺らいでいった。「地獄とは所詮類型に過ぎないのか」という自問の前で、これまでやってきたことを根本的に彼は疑いはじめるのだ。

画布の上に具象が現れると、物の「形」がかえって妨げとなることに彼は気づく。

少なくとも白い画布は、すなわち〝無〟は感情の土台、感情を注ぎ込む器となる事ができた。〝無〟の含有している総ての感情の中から〝憎悪〟だけを選りすぐって画布に方向性を与える時、〝形〟は感情と対立して邪魔をするのだった。〝形〟を通して描く事を檜皮は拒んだ。〝地獄〟は概念でなくてはいけなかった。

あらゆる類型と形象さえも拒むような、いわば純粋概念としての「地獄」に、檜皮は行きついたのである。檜皮は、油絵作品をすべて焼却した。これが二度目の転換点である。

周囲からわずかに評価された自分の「個性」すら削ぎおとし、「憎悪への憧憬と地獄への意志だけ」を残すために、彼が一年かけて身に着けたのは、「乾いた絵の具を彫刻刀やナイフ、金属の箆《へら》等で刻んでゆく手法」だった。檜皮家の画室に置かれ、娘の羅美を怯えさせた百号の「地獄絵」――正確にはその「背景」――は、こうして生まれたのである。

3

笙野の『極楽』について、というよりも檜皮の描いた「地獄絵」について、群像新人文学賞の選考委員の一人、藤枝静男は選評で次のように評している。

彼の行きつくところは、結局何も描かれていないと同様の、得態のしれぬ毛ばだちと無数の引き搔き傷で覆われた一枚の画布に過ぎなかったという結末は充分の説得力を持っている。こういう形の具体性をそなえた純観念小説は現今稀である。その意味で作者は大変苦労したろうが、また真面目な寧ろ純私小説だと思った。

（中略）

作者の頭にバルザックの「知られざる傑作」のイメージがあったのではないかという勘ぐりも湧かないではないが、たとえそうだとしてもこれだけの具体性をもたせて描いた力は並みではない。実を云うと私は迂闊にも詮衡会の席で始めて作者が女性であるということを知って（チャンと署名してあった）一層驚ろいた。まだ二十歳台だということも次手《ついで》に教えられて吃《びっ》驚《くり》したが、同時にこれからが難しいだろうという懸念も持った。

（「『極楽』を推す」）

選評を読むと、五名の選考委員（川村二郎、木下順二、瀬戸内晴美、田久保英夫、藤枝静男）

のうち笙野を推しているのは川村二郎と木下順二と藤枝の三人だが、特に藤枝の積極的な支持が受賞に大きく影響したことは疑えない。

藤枝は「勘ぐり」として、バルザックの短編『知られざる傑作』との類似を示唆している。逆にいえば藤枝が『極楽』を芸術論探求の「純観念小説」として読んだとき、『知られざる傑作』を念頭に浮かべていたことが分かる。

『知られざる傑作』は、一六一二年の暮れ、先王アンリ四世のお抱え肖像画家だったフランソワ・ポルビュスのアトリエを、まだ無名の貧しい画学生ニコラ・プーサンと、架空の人物である老大家フレンホーフェルが訪れたところから始まる。ポルビュスの大作「エジプトの聖女マリヤ」をフレンホーフェルは容赦なく批評する。「人の形を正確なデッサンで描いて、それぞれのものを解剖学の法則どおりにあるべき場所へ収めて」（以下、岩波文庫の水野亮訳による）いるポルビュスの絵は、「自然を写しとった」ものの「空気が感じられない」「大理石みたいに冷たい」絵だとフレンホーフェルはいう。そして「芸術の使命は自然を模写することではない、自然を表現することだ」という宣言とともに、ポルビュスの絵に鬼神の勢いでわずかな筆を加えただけで鮮やかな生気を生じさせ、二人を感嘆させる。

フレンホーフェルは、狂気に憑かれた画家だった。十年かけて描きつづけている自信作「美しい諍い女」は、まだ完成を見ないという。見せるのを拒む彼に、プーサンは美しい自分の恋人をモデルとして提供するのと引き換えに、許諾を得る。ついにフレンホーフェルのアトリエで「美しい諍い女」を目にしたポルビュスとプーサンは驚く。それは「ごちゃごちゃに寄せあつめて、無数のへんてこな線で抑えてある色だけ」の「絵具の壁」であり、「なんにもない」絵だったのだ。ただ「一本のムキだしの足」だけが生々しくカンヴァスの隅に描かれていた。この絵の中では「地上におけるわれわれの芸術は終ってる」と、ポルビュスは漏らす。二人の評に我に返り、自作を眺めなおしたフレンホーフェルは絶望する。そして二人を追い返したあと、彼は絵を焼いて死んでしまうのである。

この物語の前半でフレンホーフェルの開陳した「芸術論」が、一六一二年という作品内の時代はむろん、バルザックが雑誌掲載から六年後に大改訂を加えて発表した一八三七年当時の美術界の現状をも飛び越えて、のちの印象派や表現主義を予見するものだったことはよく知られている。じっさいセザンヌはこの『知られざる傑作』の熱狂的な読者で、画友エミール・ベルナールの前で、フレンホーフェルは自分であると涙ながらに主張したという。

「正確なデッサン」で「自然を模写」することに満足できず、光や空気、色彩に秘められた生命力を取りだして表現しようとするフレンホーフェルの十年の試みは、世に先んじすぎた天才に宿命づけられた孤独と絶望によって、不幸にも灰燼に帰した。

彼の辿った道は、克明な「ありのまま」のデッサンから「表現」に目覚め、九年の試行錯誤ののちにやはり「塗り重ねられた絵の具やその他のものの厚み」からなる壁のような画布に至ってしまった檜皮と、なるほど相似形のように似通っているとも思える。芸術観の変遷の類似だけでなく、誰にも理解されないまま、ある絶対的な目標を探求しようとした芸術家が、知られることなくこの世から消えてしまう孤独を描いている点でも類似している。

だが、フレンホーフェルは先駆的な天才であり、「美しい諍い女」は「知られざる傑作」だった。一方の檜皮は、自らの個性すら絵から削ぎおとすことに努めたあげく、ようやくたどり着いた絵は誰の目にも触れることがない。そして檜皮と「地獄絵」との、ある夜の対話を境に、檜皮の人格そのものが破壊され、人が変わってしまうのである。余技のはずだった焼き物に専念するようになり、青磁とも金をめぐってケンカするようになった檜皮は「俗物になった」と周囲から噂されるようになる。最終的に檜皮は、現世的な凡人に堕したかのように描かれるのだ。

この結末はフレンホーフェルに比べて、なお残酷で救いがない。たとえ身体は健在でも芸術家としての檜皮はすでに死んだに等しく、かつて彼を苗床として芽生え成長してきた「地獄絵」のヴィジョンは、人知れぬまま、のちの歴史に回収されることもなく、この世から消えていってしまうのだ。芸術（家）小説として読むならば『極楽』はあまりに不毛である。

しかし、このような絶対的孤独をこそ、笙野は書こうとしたのではなかったか。たとえば『極楽』から九年後の『虚空人魚』（九〇）に、その主題は受け継がれている。

宇宙の彗星の尾に乗ってきた不思議な生命体「光アメーバ」が奇跡的に地球上に降ってきたものの、誰にも知られることなく、おびただしい生き死にを繰りかえしながら、ついにひっそりと廃村の片隅で死滅する。未知の種が「ただ不毛に起こり、終わ」るのだ。空虚な生滅のまま忘れられた存在を、いっさいの同情も感傷もないまま非情な正確さで叙述するこの作品は、まさに檜皮の生みだした「地獄絵」の不毛さの、より純化され徹底された再現といえる。

どこまでも現世に融和できず、また認知されない絶対的孤独であるような生――。笙野特有の主題を、『極楽』はすでにマニフェストのように潜めていたのである。

4

『極楽』をむしろ絵画ジャンルを舞台に設定した、無名作家の小説論と読みかえてみよう。最初は克明な「ありのまま」のリアリズムから出発し、次には歴史と伝統から様式を学習して身に着け、やがて誰も描いたことのない観念的な主題を探求するようになる——。それは「写生」から出発した近代小説の歩んだ道でもある。そしてとうとう、これ以上進むと造形も意味も失せてしまうところにまで行きつくのだ。まさしくそれは九〇年代に笙野の小説が進んでいった未来の軌道を指し示すかのようである。

たとえばのちの『レストレス・ドリーム』では、不服従な女を殺そうとするゾンビと夢世界のゲーム空間で戦う桃木跳蛇《ももきとびへび》は、それを夢見ている現実界の「私」の分身《アバター》であり、両者の生存の命運は次元を超えてつながっていた。夢のなかでの戦いは、たんなるゲーム・ファンタジーではなく、「私」のリアルな生存を賭した戦いそのものだったのだ。

同じように、画家として世に問う問題作を描きつづける檜皮とは、デビューの命運を賭けて『極楽』を書きつつあった作者笙野頼子の、既婚者の男にキャラクターを設定したアバターだと考えることができる。檜皮もやはり命運を背負って戦わなければならない。

檜皮の戦いの相手は、奇妙な「声」である。

ある「いやな晩」、大事な絵に黄色い円形がべったり付着していた。その真ん中にいきなり口が開いて、檜皮に話しかけてくるのだ。

誰だ、と問うた檜皮に、声は次のようにいう。

〈俺だ。いや、お前だ。何のために描く。〉

この場面に至って、楷書で書かれた近代文学のような『極楽』に、ようやく笙野らしいシュールな幻想が噴出する。


〈憎悪を残すためにだ。〉

檜皮は声に出して言ったつもりだった。しかし言葉はかすれて、殆ど自分の耳にも届かないのだった。あいつが俺の声を喰ってしまうのだと彼は思った。その意だけは届いたらしく黄色い口は笑うように揺れた。揺れる度にそのいやらしさが増してゆくのだった。口のまわりには蜘蛛の胴体だけならべたようながさした固まりが円形を造っていた。声は言った。

〈私怨を取っておくためにか。〉

檜皮は嘲笑った。

〈馬鹿を言うな。俺はいま世界中の憎しみを描いているのだ。憎悪は自分だけのものではない。俺の絵からはあらゆる憎しみが迸り出るだろう。〉

〈憎しみを描く事で幸福を得るのか。お前は今幸福だと思っているのだろう。〉

〈思っているとも。〉

〈その幸福感はどこからくる。坐している極楽の足場には何があるというのだ。〉

絵の黄色い口の糾問は、檜皮が絵に封じ込めた「悪意」をそのまま溜めこんで生まれた入れ子の分身のように、彼を試し嘲笑う。檜皮の絵は誰にも見られることはなく理解もされない。そんな絵など存在しないのも同じではないのか。にもかかわらず作りあげた「幸福感」を感じているなど、「私怨」を塗りつけただけの自己満足ではないのか――。

檜皮に向けられた「何のために描く」という問いは、そのまま、この作品で小説家になろうとしている笙野に突きつけられた問いでもあったはずだ。たとえ世に出たところで、決して多数の理解は得られそうにない点では、「地獄絵」も、それを描いた『極楽』も同類だろう。あたかものちに笙野頼子の小説を、私怨の垂流しのように悪罵する無理解な評者の「声」を、この黄色い口の「声」は先取りしているかのようだ。

この「声」の出現によって『極楽』は一気に、笙野の小説に〝外部〟が襲いかかるメタ小説の構えを帯びる。

なおも追及を弛めない黄色い口の問いと、檜皮の応答を抜き出そう。

〈他人に判りもしないものをよくも描けたものだな。お前の妻はお前の労作を見て、壁の汚点を見た時のように不自然な心持ちになるばかりだろう。〉
〈家族に見せるために描くのではない。〉
〈では中央画壇で認めてもらうために描いているのかな、名声と賞賛のために。生活のためでない事は明らかだろう。〉
（中略）
〈いつか現れる、俺の絵を感じ取れる人間のために描いているのだ。やつらは俺の絵から立ち昇る激しい〝憎悪〟とその造り出す〝地獄〟に怯えるだろう。そうして人の心に恐れを抱きながら、怯えた一生を暮らす事になるだろう。俺はただそれが嬉しくて〝地獄絵〟を描くのだ。俺の絵は糾弾するために存在する、歌うために描かれたのではない。〉

これを書いたとき、笙野は自らの文学的な方向性をはっきりと自覚していたといっていい。「名声と賞賛」のためではなく、「糾弾するために」書く。「他人に判りもしないもの」といわれる小説を、「いつか現れる」「感じ取れる人間のために」書きつづける作家の孤独な決意が、アバター檜皮の言葉から伝わってくる。

しかし物語は、こんな高らかな宣言で勇ましく終わるのではない。黄色い口と対話した夜を境に、檜皮は人が変わってしまうのだ。

何が起きたのか——。

「声」は、最後にこう告げる。

〈目と心をやろう。〉

黄色い口から出る声は不意にひどく悲しそうな調子に変った。

〈絵からひびくものを、お前と同じ基準で聞きとり、しかも決してお前のものではない、後世のある男の目と心をやろう。〉

声の調子と同じに、檜皮の心に救いようのない悲哀が満ちてゆく事だけを彼は不思議だと思っていた。黄色い口はもごもごと蠢《うごめ》き、次第に小さく、薄くなって消えようとしているのだった。

〈見るがいい。そして忘れられなければ、それに耐えるがいい。どちらを選ぼうとお前の勝手だ。俺がここに来て話しているのも、所詮はお前が呼んで連れて来たからだ。決して俺自身の意志ではない。しかしそんな事はどうでもいいのだ。最終的には俺とお前は同じものだ。〉

その「目と心」を注入された瞬間から、檜皮の主体は乖離する。気がつけば「今まで来た事のないまったく知らない道」を彼は歩いていて、「まったく知らない一軒の家」に着く。「不細工な女と可愛気のない餓鬼」もいる。そして「まったく見た事もない自分の部屋」に入り、一枚の大きな画布を見る。そのとき彼の意識は「今まで一度も描いたことはないが絵を見る事にだけは長けている」「後世」の男のものだ。

〝面白い。なかなかいい。〟と目と心はいった。それから信じられない程の冷淡さでくすくすと笑い始めた。彼は背を向け、ゆっくりともときた道を引き返して檜皮の体から去っていった。

（中略）

画面全体を薄汚い自己満足が覆い隠していた。〝憎しみ〟を盾に取って、現世の安穏をむさぼっている浅ましく汚らしい意識の上に点在して、未消化な反吐《へど》の中の食物のように、生の憎悪がところどころ顔を現しているだけであった。一番大きな無自覚が、彼の画面の総てであった。知らずにいたからこそ、感情の計算からもれてしまった彼の〝極楽〟がそこにあった。

こうして檜皮は別人の「目と心」によって、いわば離人症的に、彼が九年の歳月と心血を注いできた仕事を「大きな無自覚」と見切ってしまうのである。そして羅美の声で我に返ると、檜皮は家族と食事の最中なのだった――。檜皮の主体が解体したこの場面の描写は凄まじい。

作品末尾で、檜皮は周囲に奇怪なセリフを口にする。「ぼくは極楽から現世に落ちた人間です」――。

「声」が授けた「目と心」は「後世」――つまり時間軸がずれただけの現世から来た。つまりこの「声」は、地獄と極楽という神仏的次元に接近していた檜皮を、無惨な現世に引きもどしたのだ。

この「声」に、「極楽」はいったん負けている。檜皮は「声」との戦いの敗者である。しかし、「極楽」はむしろ惨めな現世に留まったことで、未来の足場を作った。超越的な世界に救われることなく、どこまでも生きにくい現世に留まり、現世を糾弾しつづける戦場を指し示したことが「極楽」の到達点である。

そして、ここから笙野の「声」との長い戦いが始まるのだ。

5

生きにくかった八〇年代について、笙野は九四年に次のようにエッセイで書いている。

作家として、八〇年代は生きにくい時代だった。が、思想なしで個人だけがあるような、世界へのスタンスは嫌ではなかった。ただいつしか、「思想がない」という事が息苦しい思想になっているような気がしてきた。「ネ暗」などという言葉をキーワードに使って、それに賛成や反対を示したり勝手なイメージをそれぞれが持って誤解し合ったり、その事で他者を理解出来たと思い込んだり、不毛な論争をしたり出来る人間を変だと思った。政治的立場だけのキーワードを男のいいなりに使いたくもなかったが、当時、女だけで使える言葉は「家庭」や「性」や「恋愛」だけだったからそこにも行けなかった。いつも、何かが嫌だった。同時にそれを人に解決して貰おうとも思ってなかった。嫌なものの正体はいつか判ると信じていた。閉じ籠っても閉じ籠ってもそれはどんどん自分の内部に侵入して来たから、密室に立て籠ったまま、それらを文字で捉えようと試みていた。現実を意識し過ぎて現実的に生きられない自分自身の、逃れ難い外界に対する違和感、を追い掛けていた。

（「九〇年代の半ば」『言葉の冒険、脳内の戦い』）

講談社文芸文庫『極楽／大祭／皇帝　笙野頼子初期作品集』巻末の山﨑眞紀子編「年譜」によれば、この「密室に立て籠った」八〇年代は、七六年の立命館大学進学後に住んだ京都の下宿と、「出版社に原稿を持ち込む利便性と文学的環境の好転を求めて」八五年四月に上京して住んだ八王子の「女性限定オートロックマンション」の時代に当たる。

先立つ一九七一年の高校入学の年譜の記述には、すでに「殆ど人と交わらず登校拒否気味の生徒だった」とある。七四年からの名古屋での予備校の寮生活時代にも、「鍵の掛かる寮の個室で二年間、受験勉強と読書に明け暮れ、創作をノートに書き込むようにな」っていた。七六年からの京都の下宿生活では「ＳＦとも純文学とも名づけようもない作品を書き始め」、大学卒業後も「他大学受験の名の下に京都の予備校に通いながら小説を書」きつづけた。医学部進学を強いる両親を、本命校進学を実現するためという口実で懐柔し、寮やアパートでの個室生活を維持していたのである。新人賞受賞後も経済的に自立するには至らず、八王子のマンションでも仕送りを受けながら小説を書きつづけた。

このような笙野の「密室に立て籠った」生活と、八〇年代の作品に書かれてきた人物たちの閉鎖的な生活は、七〇〜八〇年代に「登校拒否」現象として増加し、九〇年代に社会問題化した「ひきこもり」を想起させる。

まさに笙野が育った時代とは、ひきこもりを生みだした時代でもあった。ひきこもり臨床医である斎藤環は、『文学の徴候』（文藝春秋、二〇〇四年）において、笙野の「『ひきこもり』的資質」を指摘し、厚生労働省が定義する「ひきこもり」とは呼べないまでも、「ひきこもり系」の作家であると分類している。

ひきこもりは、なぜ起きるのか。『社会的ひきこもり　終わらない思春期』（ＰＨＰ新書、一九九八年）において斎藤は、ひきこもりを対人関係の問題と考え、その要因を個人、家族、社会の三つの領域に分けて考察している。それらの領域間で接点（コミュニケーション）が乖離し、機能しなくなる悪循環が長期化したとき「ひきこもりシステム」ができると斎藤はいう。

たとえば新人賞受賞の半年後に発表された短編『大祭』は、七歳の男児「蚕《さん》」の、不登校とひきこもりに近い生活を描いている。父母の強制と抑圧に縛られる彼は、可愛がってくれた亡き祖母の遺品と戯れながら、五十年に一度の大祭がやってくれば自由になれると夢見ていた。しかしその前日、一方的に外出が禁じられてしまう。大祭の前夜、彼は鉄亜鈴を両親の寝室近くまで引きずっていくが、自分の力の弱さに腹を立てるしかない。

斎藤の観点を借りるなら、『大祭』の蚕は明らかに家族との接点が破壊されている。学校や同級生との接点も築けず、大祭へ参加することも許されない。彼の家族じたいが社会と接点が持てず、閉鎖的でいたずらに感情的な生活環境を形成していた。このような悪循環が続けば、そこに斎藤のいう「ひきこもりシステム」が生じる恐れは十分にあるだろう。

『極楽』の檜皮も、収入源である焼き物製作以外には、社会との接点がきわめて乏しい。自分に対する劣等感や無力感、周囲から嘲笑され無視されつづける疎外感と閉塞感は、妻と娘にも共有されている。つまり彼の家でも、「ひきこもりシステム」がいつ発動しても不思議ではない。

『極楽』が「アン・ノン族」が京都に押しよせた時代を背景としていることはすでに指摘した。めざましい高度経済成長を遂げた日本社会は、あらゆる所有の欲望を扇動し、マスメディアによって仮想のライフモデルを刷りこみ、貧富、美醜、成績の上下、能力の有無、それら持つ者と持たざる者の格差を拡大し可視化していった。その状況下で、個人の差異はつねに平均モデルと比較され抑圧されていく。差異の壁を中和し乗りこえる世知、コミュニケーション能力がなければたちまち接点を失い孤独地獄に陥るような社会ができあがっていった。このような時代に、笙野は「ひきこもり」の境界すれすれの領域を歩んできたのである。

しかし、そんな「ひきこもり」を作りだすような時代と社会を憎悪し、小説を書きながら闘うことを通して、むしろ笙野の社会との接点は築かれてきた。『極楽』から『虚空人魚』に至る時代とは、この十五年余りの「密室に立て籠った」期間の、内的な闘いの産物だった。そこから生まれた作品には、生きにくさに曝されながら、「逃れ難い外界に対する違和感」を足場にして、自分の言葉を紡ごうとする試行の痕跡が窺える。

幼少期をリアリズムで素描した『大祭』を挟んで、二年余りかけて書かれた『皇帝』は、『極楽』における「声」との戦いを極限まで推しすすめた長編である。2DKのアパートに閉じこもっている「社会的にも性的にも死者に等しい」二十六歳の青年の、密室内での内面の葛藤が徹底的に描かれている。ドストエフスキーの『地下生活者の手記』を思わせもするし、後半になってどこまで現実なのか妄想なのか区別がつかないまま、老女を殺して金を奪ったらしい「事件」がしきりに回想される点では『罪と罰』を思い出させもする。

青年は、妄想のなかに築いた「自閉都市」の「皇帝」と名乗り、「私は私ではない」という命題を主張しつづける。その観念の拠りどころを彼は「塔」と名付けているが、それに対して「おまえはおまえだ」と告げる「声」が立ちはだかるのである。この「塔」と「声」の対峙は、『極楽』における檜皮と黄色い口の「声」との戦いの、まさに拡大版である。同時に、彼を呪うように出没する「声」は、すでに『レストレス・ドリーム』のゾンビたちの声をも予感させる。

これら「声」との戦いとは、いったい何をめぐっての戦いなのだろうか。

初期の三作の主人公は、「男」と設定されている点で共通している。だがそれは、主人公がたんなる生物的な男であるのにとどまらない。「現実を意識し過ぎて現実的に生きられない自分自身の、逃れ難い外界に対する違和感」の表れとしてのアバターの性であり、「私は私ではない」ゆえの、拒絶の表象としての性に他ならない。

『皇帝』で青年が「髪を腰まで垂らし」「紫の長い服を着、顔を白塗りにして」老女のように外出する描写がある。その姿を彼は「巫女」と呼ぶ。
「巫女」である彼は次のように祈る。

> 深夜、何度も彼は目を覚ますしかない。その度に彼は祈るのである。――何もかもが、嘘で、幻だ、ヒトがヒトである事はすでに失敗している。〝私〟などというものはどこにもない。そんなものの上に文明を創り上げてはいけないのだ。

かくも深い躓きの元とは、性を持った「私」に他ならない。女として生まれ育ちながら、「女だけで使える言葉は『家庭』や『性』や『恋愛』だけだったからそこにも行けなかった」という笙野にとって、性の決定じたいが現世の生きにくさの根源であり、抗うよりない抑圧システムだった。

八〇年代から九〇年にかけての『海獣』『冬眠』『夢の死体』では、性別が明示されない「Y」なる人物が描かれる。わずかに『海獣』には人形遊びに興じ、バービー人形の首を切ろうとする場面が描かれていて、Yの女性性を暗示している。八王子時代になって『柘榴《ざくろ》の底』では「T・K」なるイニシアルの人物が登場し、八九年の『呼ぶ植物』でようやく小説を書いている作者本人らしい「私」が登場する。

この一人称「私」に至るまでの長い迂回路は、笙野が拒絶の果てにようやく「私」を受容し、いわゆる「私小説」を書きはじめたように一見思える。しかしその「私」とは、現世の悪意から絶えまなく湧きあがる「お前はお前（女）だ」と罵る「声」と戦う基地としての「私」に他ならない。

現世のシステムを受け入れがたい「私」とは何ものか。生きにくさに常に苛まれる「私」とはどういう存在なのか――。『極楽』で一敗地にまみれたあと、それを問いつづけた笙野の「私」は異様なまでに変容していく。もはやそれは、ヒトが自明として名乗る「私」ではない。

6

『皇帝』で女装して徘徊する青年を、笙野は「巫女」と書いた。巫女とは現世に生きながら神の仲介者であり、自らの体に神を宿す者である。

初めて一人称の「私」が登場する『呼ぶ植物』が発表された八九年に、年譜によれば「後の『太陽の巫女』の原型になる長編四〇〇枚を執筆するが、ボツになる」との記述がある。この『太陽の巫女』が日の目を見るのは六年後である。

一人称「私」で書かれるこの小説は、太陽神を祀る日本で一番保守的な町「ナギミヤ」を舞台に、首都で「やおい小説」を書いている女性作家の「滝波八雲」が帰郷し、冬至の太陽神である夫と「単身婚」を果たす物語である。夫は「夢と幻視」の神でもあり、八雲はこの結婚によって生涯ヒトの男とまぐわってはならず、夢と幻視の世界に没頭する定めとなる。

結婚もせず、夢と幻視に満ちた小説を書く「私」は、ここで「太陽の巫女」としての「私」へと創造しなおされるのだ。

彼女は神聖な竜の子孫である「竜女」の血統を母から受け継いでいる。そして蛇《へび》と竜のトーテムを抱く二つの家系を軸に、滅ぼした神を下位に組みいれて「正史」を作りあげてきたナギミヤの太陽神信仰の実態が暴かれていく。

自らの生きにくさ、現世への違和感の根拠を幻視の世界で創造しなおすと同時に、この国を支配する権力と信仰のまやかしを糾弾する——。『太陽の巫女』は、そんな笙野の「カウンター神話」の第一歩だった。

「私」を幻視しアバターとして再創造する試みが、そこから無尽蔵の勢いで広がっていく。『東京妖怪浮遊』（九八）では「単身妖怪ヨソメ」として幻視される。『説教師カニバットと百人の危ない美女』（九九）では「誇り高き私小説ブス物作家」の「八百木千本、決して笙野頼子ではない、純文学作家」となり、ファクシミリから溢れでる怪文書の「声」と戦う。そののちに、記念碑的な作品『金毘羅』（〇四）が登場する。

そこで「私」は、自分がヒトではなく金毘羅であったことを打明ける。体長千メートルの蛇体をした母金毘羅から生まれたこの金毘羅は、四日市の海底から地上にやって来て、生後すぐに死んだ赤ちゃんの体に宿ったというのだ。

土俗信仰と神道仏教がごった煮のように入り混じった金毘羅は、この作品では政治権力と合体した宗教体系に抵抗しつづけてきた「カウンター神」であり、マイノリティの恨みや怒りを呑み込んであらゆるものに習合しつつ、姿を潜めながら権力をかき回す単独神なのである。

成長を遂げた「私」は最後に金毘羅信仰の象徴である御幣を幻視し、金毘羅としての覚醒を自覚する。そしてようやく人間の生活に戻った「私」は次のように思う。

人間にとって神なんかいない。でも私は金毘羅です。金の御幣は私についてきて私の家に入った。私が金毘羅である事の印として。

そして、――。

金毘羅であることを隠したまま、私は人間の日常に戻りました。生活は知人からの電話が絶えた以外、今までと何も変わりません。象頭山《ぞうずさん》を名乗って来る贋山伏の寄付をインターホンで断ってからは、金毘羅仲間との連絡もぴたりと絶えています。

金毘羅になって何か良かった事があるのでしょうか。

あると思います。私はなぜ自分がここにいるのか判るようになった。なぜ自分が生きにくいのか判るようになった。それで十分です。

現世の外に出自を探ることで「私」はようやく生きにくさの理由を説明できるようになった。それらはつまり、ヒトではない者が人の世で暮らす苦しみの変奏だったのである。たとえそのために絶対的な孤独を宿命づけられているとしても、もはや現世の抑圧システムから響いてくる「声」にたやすく一方的に言い負かされはしない。既成の国家権力にも宗教にも決してまつろわぬ「カウンター神」として罵りかえし反論しつづけるのだ。

『極楽』での一回戦ではあえなく敗北を喫した「声」との戦いは、大権力に負けつづけ追放されつづける「カウンター神」たちとの連帯と習合を通して、その後も絶えることなく続く。『海底八幡宮』(〇九)では原始の八幡神と、『猫ダンジョン荒神』(一二)では放浪神の荒神と、交流してきた。

しかし最近の『未闘病記』（一四）で、笙野はこれまでとはまったく異質の大きな転機を迎えた。

長年の体調不良の原因が、難病である膠原病のなかでもさらに稀な「混合性結合組織病（ＭＣＴＤ）」によるものであることが判明したのである。その診断によって、疲れやすく痛みやすく動きづらく、常人に平気でできる諸々のことが「できない」ことに悲しんできた理由が、医学的に明らかとなった。たとえば癒えない接触性湿疹に苦しむ日々を描いた『なにもしてない』（九一）の症状さえもが、どうやらその病の初期症状であったらしいことが医師から指摘される。そしてステロイドの投与治療によって、笙野は劇的に「なんでも／できる」体を得ることができたのだ。

幻視されたアバターの神話ではなく、先進の医療技術と知見によって「私」の生きにくさの理由の一端が明確に説明されるようになった。そのように過去の身体の不調を医療の目で検証することは、さながら「ミステリーの解決編」のように笙野の過去の作品を検証しなおすことでもあった。その意味でこの作品は、闘病私小説を飛びこして、一種のメタ笙野文学となったのである。


いやー、こっから眺め渡す私の過去ってやっぱり、未知の宇宙だね、しかもそれは現れるやいなや一挙にその生成が見渡せるという、整理整頓された暗黒宇宙なんだ。なんか今流行っている引出し一杯桐ダンスみたいに開けるとなんでもずらーっとこう並んでいる。

「お、そうかそうか、ずっと疲れてた、あああ、あの時歩けなくなってそれから、外出怖かった、あ？　なんで日光が駄目で、自分自身にかぶれるかのように生きてきたのか判ったよ今、だけど結局判らぬままに歩いて来たこの道こそ、私の文学じゃないか」、「ごめんな、自分、今まで責めたててこき使って」。

（中略）

難病というこの荷物を殺せないから書く。でも昔から私はこれを書いてきた。もともとの正体が病気だったとしても私の私小説は架空のまま一般読者に対して機能して来た。

医療による「解決」は、いわば笙野の文学の折り返し地点であろう。ここまで辿ってきた夢と幻視の戦場の往路を、これから笙野は復路として築きなおしていかなければならないだろう。少なくとも『未闘病記』の末尾で、「それでもまた金毘羅に戻っていくつもりでいる」と述べ、「私の生それ自体も持病なのかも」と書く笙野は、なおも医療体系では名ざされない「笙野頼子病」の書き手でありつづけている。

『極楽』から現世に落ちてきた場所に、今も笙野頼子は満身創痍で立っているのだ。

第5章

偽「あばずれ《ビッチ》」のカリキュラム
——山田詠美『ベッドタイムアイズ』

1

山田詠美が一九八五年に『ベッドタイムアイズ』で文藝賞を受賞してデビューしたとき、世の中が受けた衝撃は、それまでのどんなセンセーショナルな新人作家とも違っていた。若い女性の描く奔放なセックスに対する驚きもあったろうし、漫画家や風俗業の履歴に対するワイドショー的な好奇心と悪意ある噂も目に余るほどだったが、それだけならこれから考察するような価値は見出せなかったろう。

ある意味で彼女は、日本人を震撼させたのである。

この小説は、クラブ歌手の「キム」が「スプーン」と名付けた黒人男性を性的なペットのように飼いはじめ、セックスに耽って暮らすところから始まる。

スプーンは私をかわいがるのがとてもうまい。ただし、それは私の体を、であって、心では決して、ない。

（1／数字は作品のチャプター数。以下同）

わざわざ「心」では決してなく、「体」だと強調されるとき、たしかにこの小説は過去の日本の小説家が立ちすくんでいた性意識の壁をいとも簡単に、優雅に越えてしまったと見える。あたかもそれは、精神至上主義的な恋愛の常識を見下し、女性主体の肉体的快楽の堂々たる謳歌を宣言したかのようだ。たしかに山田の出現が女性の書く小説において、セックスの語り方を一変させた功績は否定できない。

ところが快楽の対象でしかなかった男は、やがて「私」の恩人にして大事な相談相手である「マリア姉さん」に一目会っただけで心を奪われ、同衾してしまう。そのことで「私」は激しい心の痛みを抱き、スプーンに対する愛情をようやく自覚するに至るのである――。

ストーリーの骨子からいえば、快楽目当ての酔狂のように始まった情事のゲームが本当の恋に変わるという恋愛小説の常道を辿っている。つまり、名うてのプレイガールが苦い恋の涙を知る物語なのである。

この作品が読者に与えた深い衝撃とは、とりもなおさず「私」の情事の相手が、横須賀の米軍基地に所属する黒人兵士だという点である。在日米軍とは敗戦後の占領軍の延長に他ならず、戦後の日本人にとって彼らの存在は禁忌と屈辱の源でありつづけてきた。この作品から多くの読者が受けとった驚きには、どこか国家的記憶の奥底の瘡蓋《かさぶた》を剝がされる痛みと恐怖が混じっていたといってもいい。だから、このデビュー後に山田が受けた数えきれない誤解や悪罵は、ある意味で当時の「恐怖」の正確な反映だったともいえる。

たとえば彼女より七歳年長で、横須賀と並ぶ米海軍基地の街である佐世保で育った村上龍の小説が、すでに論じたように、被占領地の屈折した意識を根底に持ちつづけていたのと比較してみればよくわかる。村上はこう書いた。

私は、自分の町の普通の家で（特殊な外国人居留区ではなく）、占領軍（駐留軍）の兵隊と自国の女が性交するのを盗み見た初めての世代なのである。恐らく有史以来（日本国誕生以来）、初めての世代なのだ。

（『アメリカン★ドリーム』）

幕末に日米外交が始まって以来の「らしゃめん」などと呼ばれた洋妾に始まり、敗戦後の占領軍兵士相手のいわゆる「ステッキガール」や「パンパン」のように、「占領軍（駐留軍）の兵隊と自国の女が性交する」のは、強者の異国人に母国の女性が蹂躙される悲劇、あるいは屈辱として語られるのが常だった。しかし山田の小説からは、その種のナショナリズムや歴史意識と結びついた屈折はかけらもない。それどころか、「私」は基地のクラブでクール・ガイを奔放に漁り、ハーレム育ちのスプーンと同じスラングや罵り言葉を習得していくことを誇らしく感じてさえいる。きな臭い政治とも歴史とも無縁に、在日米軍兵士との恋がただの男と女の物語として華麗に語られたことは、逆に戦後四十年を経た意識の変化を強烈に感じさせたのである。

文藝賞の「選後評」で、江藤淳は「傑出した小説」と題し、大江健三郎の初期作品『飼育』と比較して、次のように評している。

『飼育』も、私は好きな作品だった。だがこの『ベッドタイムアイズ』に比べれば、二十七、八年前に書かれたあの小説は、童話とも抒情的散文詩ともつかないもののように思われて来る。それほど『ベッドタイムアイズ』は、深い人生を感じさせる小説である。作者は、自分の言葉で、人生に対しても黒人兵に対してもほとんど零距離の近みにまで肉迫し、それを受け容れ、かつそうしている主人公を正確に見据えている。そういう意味で、この小説は、米谷ふみ子氏の『過越しの祭』に勝るとも劣らない迫力と重量感を兼備しているといえる。

ちなみに同年度下半期の芥川賞で、『ベッドタイムアイズ』は候補となったものの、賞を獲得したのは、米谷ふみ子の『過越しの祭』であった。この作品も、渡米してユダヤ系アメリカ人と結婚した日本人主婦の異文化体験をモチーフとしたものである。

『過越しの祭』との比較検討は後ほど述べることになるが、かつて村上龍のデビュー作を酷評した江藤が『ベッドタイムアイズ』にこのような高い評価を与えたのは、「黒人兵」と日本人女性との関係が過去の敗戦と占領の記憶の瘡蓋をはがし去って、対等な「零距離の近みにまで肉迫」し、双方の「人生を感じさせ」たからではなかったか。いいかえれば日米関係の距離が、百年以上をかけて一対の男女の「零距離」に近づいた歩みを、この小説は否応なく日本人に思い知らせたのである。

2

一九八五年といえば、太平洋戦争の敗北から四十年、朝鮮戦争から三十二年を経て、すでにベトナム戦争も十年前に終わっていた。米軍基地の存在を裏づける日米間の安全保障条約も七〇年以後は反対運動が盛り上がらず、日米地位協定もろとも維持されつづけてきた。在日米軍は「有事」から遠く、兵士たちも「安全保障」ののどかな時間に憩っていた。そして日本は高度経済成長で空前の円高時代を迎え、若者は海外のブランド商品や、アメリカのポップ文化を熱烈に追い求めていた。

たとえば村上龍が『限りなく透明に近いブルー』で舞台にしたベトナム戦争時代の米軍横田基地に隣接した福生は、八〇年代には異国情緒漂うリトル・アメリカとしてお洒落な街にイメージアップされ、大瀧詠一、忌野清志郎、荒井（松任谷）由実、桑田佳祐、布袋寅泰《ほていともやす》をはじめとする多くのポップ・ミュージシャンを輩出した。そして都市にはディスコが乱立し、ブラック・コンテンポラリーがポップ音楽界の有力ジャンルとなっていた。

しかしこの小説に登場するスプーンは、決してそんな「コンテンポラリー」なイメージで造形されていたのではない。

ベッドからはみ出したスプーンのこげた体。私はボールドウィンの小説の中のブラザー・ルーファスを思い出す。彼はサキソフォンを聴きながら愛シテクレルカと心の中で叫んでいた。

スプーンにサックスは必要なかった。彼は自分の体そのもので私にメッセージを送る。私は彼のためにアル中の売春婦にだって身をやつすかもしれない。（4）

ここで言及された「ボールドウィンの小説」とは、彼の代表作『もう一つの国』のことであり、「ブラザー・ルーファス」とは、この長編小説の最初に登場する黒人青年のルーファス・スコットである。ハーレムのジャズ・クラブでドラムを叩いていたルーファスは、契約が切れる最後の夜、白人も黒人も集まった満員の店で行われた演奏に酔いしれる。自分と同じ年恰好のサキソフォン吹きの素晴らしいソロを聴き、楽器が「愛シテクレルカ？　愛シテクレルカ？　愛シテクレルカ？　と絶叫し」ているのを彼は感じるのだ（野崎孝訳）。

しかし「私」がスプーンにルーファスを重ねているのは、たんに愛を希求する高揚感からだけではない。『もう一つの国』でルーファスとは、ハーレムの宿命に呑まれて苦しむ不幸な男なのである。

最後の舞台から降りたとき、ルーファスはブロンドの白人女性レオナと出会う。亭主の暴力に耐えかねて南部から家出してきたという彼女を、ルーファスは衝動のまま抱き、一緒に暮らしはじめる。だが収入の途絶えたルーファスは、レストランで働くレオナに養ってもらわなければならなくなり、数ヵ月後にはレオナに酔っては暴力をふるうようになる。荒んだ生活の末に、レオナはルーファスの親友ヴィヴァルドに保護され施設に収容される。人種差別することもなく愛してくれた純真なレオナを傷つけるしかなかったルーファスは、深夜のニューヨークをさまよった末に橋の上から川に身を投げるのである。

つまり異人種間の恋愛が不幸な宿命に苛まれる象徴として、ルーファスは登場する。さらにこの小説は、ルーファスの死のあとアイルランド系イタリア人のヴィヴァルドを主軸に展開していくが、白人と黒人の異人種間だけでなく、同性愛の関係まで含んで複雑に入り組んでいく。異人種間の恋愛と同性愛という、当時としては二重のタブーを深く病んだのが『もう一つの国』なのである。

この『もう一つの国』のルーファスを、スプーンを見るキムの眼は意識している。——というより、作者は二人を重ねようとしていると見える。

スプーンもまた酔っぱらってはキムを口汚く罵り、暴力をふるう。

スプーンの皮ジャンパーからは安物のジンとアブサンの匂いが漂って来て私の鼻を刺す。

「なんて臭いの、スプーン」

「黙れよ、このビッチ！」

彼は私の手からグラスを取り上げ床にたたきつけた。頬に跳ね上がったガラスの破片が私に血を流させる。

「オレの事を臭いと言ったな。どんなふうに臭いんだよ。言ってみろよ！　さあ！　言えったら」

スプーンは私の首を締めた。

「言う……ったら……離して…よ、……死んじゃうよお」

彼はいきなり手を離し、私を壁にたたきつけた。彼の白目は澱んでいて焦点が合っていない。また今日もドラッグスをやり過ぎている。

「ハーレムの匂いだよ！　劣等感の塊りの臭い匂いがするんだ！」

スプーンはテーブルの上にあったホワイトラムの瓶を壁に投げつけた。　(5)

差別的に体臭を侮辱されたとスプーンが誤解して激怒した場面のように見えるが、ここでキムが具体的に「ハーレムの匂い」と地区名を規定し、「劣等感の塊りの臭い匂い」とまでうがった言い方をするのは、明らかに『もう一つの国』のルーファスと重ねあわせているからに他ならない。というよりも、ルーファスとレオナの不幸な恋を、この作品はハーレム出身の男と日本人の女によって再演させているかのようだ。そのドラマを演じるためには、スプーンはハーレム出身の「劣等感」を帯びている不幸な男でなければならず、同時にキムは、日本人でありながらハーレムを理解できる「ビッチ」でなければならないのである。

彼女は「ビッチ」に努めてなりたがっている。


「ファック、ユー!!」

私は生まれて初めてののしり言葉を使った。スプーンは笑うのをピタリとやめて立ち上がった。

「やっとオレの女らしくなって来たじゃねえか、ベイビー」

「あんたなんて死んでしまえ！　マザーファッカー！」

「そうだ、その調子だよ。キム」　(3)

このあと「まったく彼は私の教育者たる地位を築き始めていた」と述懐するキムは、まさに「ハーレム」を懸命に学習する生徒である。

しかしブラザー・ルーファスの物語のヴァリエーションとなるには、この二人の組み合わせに二重のねじれがある。ひとつは、恋を仕掛けた側が男女逆転していることであり、もうひとつはキムが白人ではなく、日本人であることである。

日本人であることは、この小説でどう描かれているのか。キムの浮気を疑うスプーンが、次のようにキムと言い争う場面がある。

「そいつは黒人《クロ》か白人《シロ》か、まさか日本人じゃねえだろうな。あんなアグリーな連中じゃ……」
「あんたって最低の男だよ！　アル中でジャンキーで。あたしだってみっともなし《アグリー》の日本人なんだ。だけどあんたよりましだわ！　黒人て汚ない。だから生まれつき、不幸なんだ！」
私は泣いて楽になろうとして、しゃくり上げたが涙は出なかった。（5）

スプーンは「ハーレム生まれ」の黒人である「劣等感」を病んでいるが、その彼にとって、さらに「アグリー」なのが日本人であり、その日本人であるキムは恋の主導権を握りつつも、懸命にハーレム風の「ビッチ」になりあがろうとしている。つまりこれはホワイトが欠落したまま、ブラックとイエローが相対的な「劣等感」を背負って争うドラマでもあるのだ。

スプーンはともかく、キムはなぜ日本人であることを「みっともなし《アグリー》」と自覚するようになったのだろうか。

3

そもそもキムという女性の素性は、ほとんど描かれていない。わずかに彼女の過去に言及された記述を抜きだすと、まず「生まれた時から父親なんていなかった」。そして「宿なしの不良少女だった」彼女は、踊り子の「マリア姉さん」から自由が丘のマンションの鍵を預けられた。それ以来マリアはキムにとって「絶対」の「テキストブック」となり、男遊びのたびにマリアにベッドも共にする「ヘルプ」をしてもらってきたらしい。

キムの日本人への意識には、「海草」のイメージがつきまとっている。

彼のディックは赤味のある白人のいやらしいコックとは似ても似つかず、日本人の頼りないプッシィの中に入らなければ自己主張ひとつ出来ない幼く可哀そうなものとも違っていた。海面をユラユラする海草のような日本人の陰毛は、いつも私の体にからまりそうな気がし恐怖感すら覚えてしまう。（1）

スプーンの性器を愛でている文章が、白人のそれと比較され、今度は「頼りない」「自己主張ひとつ出来ない幼く可哀そうな」日本人的なるものへの卑下に転化していく。

この「海草」は、小説のなかでもう一度出てくる。それまで「私」の「テキストブック」であり「絶対」だったマリア姉さんにスプーンを寝取られたときの、キムの述懐である。

　そしてスプーンと出会って以来、彼が私の絶対だった。私はいつも、あまりにも無知で海草のようにふらふら頼りなくて指導者を必要としていた。　（7）

　思えば「海草」は、海に囲まれた島国の日本的味覚のベースである昆布やワカメ、海苔を連想させる。海苔を腸内で消化できるのは日本人だけだといわれている。海底の岩や地面に根付いて潮の流れに任せて揺れている海草は、自らの意志で動きまわることはできない。自立の精神が薄弱で、周囲の環境に従属しがちな日本人のメンタリティを絶妙にとらえたメタファである。

　その日本人的「海草」的状態から抜け出るために、キムがいつも「指導者を必要としていた」というとき、この物語は陰画として、彼女が脱却したがっている日本と、日本の〈学校＝教育〉を浮かびあがらせる。

　山田詠美の小説が〈教育〉的であることはよく指摘される。『風葬の教室』（一九八八）以来の、『放課後の音符《キイノート》』（八九）、『晩年の子供』（九一）、『ぼくは勉強ができない』（九三）などの人気の高い〝学校もの〟ばかりを指していうのではない。このデビュー作も異様なほどに〈教育〉的であり、ある意味では〈学校〉的である。「みっともなし《アグリー》の日本人」から脱出するために、あるいは日本の〈学校＝教育〉によって損なわれたものをとり戻すための自主的な学習を、キムは選びとっているのである。

　彼女が選んだ最初の教師は、マリアだった。

マリアは卓抜なストリッパーである。マリア以外のストリッパー仲間は、キムににべもなく「太った豚」と切り捨てられている。「ブルースの流れる中で足を開くお姉さんのプッシィ」の「存在感」に、彼女は圧倒される。そして「自分から没頭するのではなく、相手を夢中にさせる」演技を、自分もベッドでスプーン相手にできたらと願う。

　スプーンとも、もう馴れ合い始めている。彼とのメイクラブの後はいつも甘い敗北感が残る。マリア姉さんのステージは、昔、少しは将来に期待を持っていた頃した試験勉強に似ている。今度はいい点がとれそうだ。けれど答案を目の前にして私は何故か震えてしまい、鉛筆がうまくつかめない。そして、返って来た答案用紙を目の前にして私は自信を再び失くすのだ。（2）

この段階ではキムにとって「メイクラブ」とは、どちらが相手を夢中にさせることができるかを競う勝負の場であり、力量を問われる「試験」だった。彼女がそう感じる背景には、試験勉強で自信を失くしつづけた「昔」の記憶が染みついているようだ。

　ほとんど書かれていないキムの過去に代えて、山田自身の学校体験を参照してみよう。

　彼女（本名は山田双葉）は、転勤族の父について各地の社宅で幼少期を過ごした。転校するたびに移動先の方言になじまないことで虐められ、自宅と図書館で本を読むことを心の支えにしていた。その学校体験の足どりは「文藝」二〇〇五年秋季号の「特集　山田詠美」に掲載された「自筆年譜」によれば、次のようになる。

一九六一年――父の転勤で札幌市に移る。以来、石川県、静岡県など地方を転々とする。転校するたびにいじめられっ子の地位を不動のものとし、書物に逃げ込むことを覚える。
一九七一年――栃木県鹿沼市立東中学校入学。図書館通いの毎日。作文で太宰治のパロディを書くが、気付かなかった教師に変な文章だと注意される。先生を見下すことを覚えたやな子供に成り上がり、いじめられっ子から脱却。
一九七四年――県立鹿沼高校入学。一年の分際で生徒会長に立候補して副会長になるが、生徒会室のロッカーに、ウィスキーや缶ビールを備蓄していたのが一斉検査でばれて大目玉をくらい、失脚する。以後、男女交際に憂き身をやつし、パーになる。

両親と二人の妹との、ごくノーマルな小市民的家庭の育ちではあるが、地方の町を数年おきに移動する核家族という環境は、地元や周囲への帰属意識を幼少期から欠乏させていたといえる。そんな山田にとって、学校はさらに適応しづらい空間だった。居場所のない教室と理解のない教師への苦手意識は、彼女を「いじめられっ子」から「先生を見下すことを覚えたやな子供」へと成長させる。そのとき逃げ込んだ書物とは、彼女にとっていわば周囲にバリアーを張りめぐらした「もう一つの国」だったのである。そして高校生になると、「やな子供」は周囲を出しぬいて独り「大人」になっていく。
同じ号の「文藝」に掲載された神崎京介によるインタビュー「いつも片隅で本を読んでいた」に、次のような発言がある。

ある時に「山田さんって付き合ってる人いるの？」って聞かれて、当時のことが『蝶々の纏足』のもとになってるんだけど「何で？」って言ったら「大人っぽいなってみんな言ってるよ」って言われて。（中略）私はいつも片隅で本を読んでいたんだけど、そうしたら「あの人ってさ、結構学校終わって遊んでるらしいよ」とかって勘違いした評価が流れて、きっと大人っぽいのが憧れになったんでしょうね。そのうちサッカー部の子と付き合いはじめて、その子が人気ある子だったからますますね。

ここで語られた男子生徒に問いかけられた場面を、『蝶々の纏足』（一九八七）は「私の体を指でなぞる麦生とそれに応えるために甘い溜息を洩らし続ける私に比べて、彼らはなんて幼ないのだろう。人生の重要な悦楽を知らない子供を私は余裕を持って眺めて言った」と描いている。

学校での自信のなさや劣等感が、自信と優越感にたやすく入れ替わったのは、学校教育とは別種の「悦楽」のカリキュラムが、高校生ともなればむしろ試験よりも重要な難関となるからである。学校から見れば「問題行動」や「非行」であることが、「大人」になる至難のカリキュラムでは周囲を瞠目させる誉れとなることは容易に想像できる。

山田の『ぼくは勉強ができない』のタイトルには「ぼくは女にもてる」という別の含みがある、と指摘したのは斎藤美奈子であるが（同「文藝」所収「学校の文化と『ぼく勉』」）、「悦楽」のカリキュラムが課しているのは性的成熟だけではない。煙草の吸い方、カクテルの知識、蓮っ葉なしゃべり方、ファッション、音楽の趣味、そしてベッドでの愛し方——、それはまさに総合的に科目を網羅した「もう一つの学校」であるといっていい。山田詠美の小説とは、カッコいい大人になるという自主カリキュラムの修得に一心不乱に邁進する、きわめて自覚的でひたむきな学習者の世界なのである。

こうして『ベッドタイムアイズ』でキムがまず目指したのは、「みっともなしの日本人《アグリー》」の「海草」社会から脱出するための学習であった。ハーレム出身のスプーンは、そのためにマリアと入れ替わって、キムの「絶対」の「指導者」となったのだ。

4

ところがスプーンは、一目会っただけのマリアに夢中になってしまう。それはたんに恋人を寝取られたという痴情の事件にとどまらない。

倉庫《ロフト》のような広い部屋の隅のベッドの上に上体を起こして、スプーンはいた。海草のような長い髪の毛が彼の足の間に広がり、その間から金色に塗られた尖った爪が覗いていた。その髪はメドゥーサのように今にも一本一本が蛇になって蠢きそうにユラユラと揺れていた。

マリア姉さんは静かに顔を上げた。（7）

スプーンは「ビッチ」になりおおせたキムを忘れて、日本人の「海草」の髪をもつマリアに心を奪われたのだ。キムの学習成果は「海草」に敗北したわけである。

この場面を境に、キムの恋は大きな質的変化をとげる。
くりかえすが、それまで彼女にとって恋とは優劣を競うゲームだった。より魅力的な者が強者であり主導権を握るのだが、それはいつもキムの方であった。そのようにクラブで目にとまったスプーンを誘惑して連れ帰ったころ、キムはスプーンの体臭を嗅ぎながら次のように述懐している。

ココアバターのような甘く腐った香り。腋の下からも不思議な匂いがする。腐臭に近い、けれども決して不快ではなく、いや不快でないのではなく、汚ない物に私が犯される事によって私自身が澄んだ物だと気づかされるような、そんな匂い。彼の匂いは私に優越感を抱かせる。（1）

スプーンが荒んだときの匂いを「ハーレム」の「劣等感の塊りの臭い匂い」だと言い放った場面は、すでに紹介した。キムは明らかに「優越感」を味わうために、彼に自分を抱かせたのだ。
このように「優越感」と「劣等感」とが絡みあった関係は、第二作の『指の戯れ』（一九八六）ではさらに露わに書かれている。米軍のクラブの常連で女王のようにふるまうルイ子が、田舎者の純情男リロイ・ジョーンズを誘惑し弄んで捨てるが、二年後にリロイは有名ジャズ・ピアニストとして来日する。別人のようにセクシーな伊達男になった彼は、ルイ子を挑発し虜にするが、じわじわと復讐をとげる。勝者と敗者、支配者と隷属者の関係が逆転する残酷な苦いドラマである。

しかしその優越感を、第三者のマリアが覆した。

ショックを受けたキムに向かって、マリアは「あんたのせいよ」と告げるが、キムにはそれが理解できない。


「偶然にあたしは姉さんにスプーンを会わせただけよ。あたしの知らない間にこっそりとあたしの男を取ったのはあんただわ」

生まれて初めて私は彼女を「あんた」という対等の呼び名で呼んだ。

「取ってやしない」

「取ったわ！　彼はあたしの、なんだ！」

スプーンに支配されているという自己満足は実はスプーンを所有しているという満足にほかならなかった事に今、私は気づいた。

「そして、あんたは彼の、ってわけ」

「そうよ」

「……だからなんじゃないの」

「？」

あなたはいつも私に難題をふっかける。　（7）

「難題」の答えはすぐに判る。マリアはキムへの、友情を超えた「愛」を告白し、キムの所有物を味わいたかったのだと打ち明ける。異人種間の恋のみならず同性愛をも含む物語だったボールドウィンの『もう一つの国』が、ここにも影を落としている。

それよりも重大なのは、「所有」の概念が初めてここで姿を現したことである。マリアは最後の「指導」として、キムに「所有」を自覚させたのだ。マリアは次のように述懐する。


「今日限りで忘れるわ。こんな恥はもうかかない。愛してるだなんて恥ずかしい言葉、二度と言いたかないわ。言わなくてすむようなものに執着するわ、この次は」

マリア姉さんは口を塞いで嗚咽を堪えた。泣くという事も愛するという事も彼女にとっては屈辱なのだった。（同）

愛することがマリアにとって「恥」であり「屈辱」であるのは、それが対象を「所有」したい欲望へと向かわせるとき、自分がみじめな未所有者、不足をかこつ存在となるからである。キムを所有したい欲望は、さらにキムの所有するものまで所有したいと希求させるのだ。このマリアのような所有への飢餓にとり憑かれた同性の「愛」の持ち主は、『蝶々の纏足』をはじめ最近の『賢者の愛』（二〇一五）まで、山田の作品にその後くりかえし登場することになる。

そして優劣に加えて、所有という概念が加わることで、この物語はたんなる色恋沙汰のストーリーを食みだした、「愛」をめぐる一種ロジカルな抽象性を帯びはじめるのだ。

よりを戻したスプーンとの生活は、一転して彼が刑事たちに逮捕されるという幕切れを迎える。脱走の罪だけではなく、軍の機密書類を某国に転売しようとしたのである。せっかく「所有」したキムの幸福は、あっけない喪失で終わる。彼が置いていった一本のスプーンだけを残して——。しかし彼を所有した甘美な満足は、彼女の記憶に永遠に残る。

私はスプーンをコトコトとたたきノイズを立てる。閉じた瞼からさらさらと涙が流れる。それと同時にスプーンに関する記憶が体内から流れてしまう事を私は恐れた。私は思い出をいとおしんでいる！　思い出という言葉を！　私にはまったく関係のなかった意味のない《ダムワード》言葉。私は記憶喪失の天才であったはずなのに。初めて私自身に所有物が出来てしまったのだ。（中略）

私は抵抗を諦めて流れに身を任せる。次第に記憶は沈殿して私の中で上澄みになる。まるで何事も起こらなかったただの水に見える。人々は知らない。私は誰にも気付かれないように時折、そっと、下に溜まったクリームを指ですくって舐める。その時、初めて私は優越感を感じ、声を出す。「美味しい」と。　（10）

いかにも甘く苦い恋の思い出を噛みしめているありきたりな終幕のように見えるが、ここには山田詠美という作家の、ときには過剰とも思えるロジカルな思考の特異さが潜んでいる。

優劣を競うゲームのように始まった関係が、やがて所有する満足を自覚して初めて完全な「優越感」に転じる——。このような関係とは、まったく意外なことかもしれないが、きわめて政治的な関係ではないだろうか。

5

『ベッドタイムアイズ』とは乱暴に要約すれば、米軍の黒人の脱走兵と、彼をかくまった日本女性との関係を描いた小説である。ほとんど同じ設定のある作品を、ここで参照したい。

井上光晴の『ぺぃゔぉん上等兵』という、あまり知られていない短編である。一九七二年の著作『小説入門』（北洋社）に、いわば模範例のように収録されたわずか十三枚足らずの小品だ。井上の生前刊行された短編集にも収録されなかったが、私が編纂に携わったアンソロジー『高校生のための小説案内』（筑摩書房）と、『戦後短篇小説再発見9　政治と革命』（講談社文芸文庫）に収録されているので読むことは可能である。

上原桃子という女と、日本語を何とかしゃべれる米軍関係者らしい尋問者の問答だけで構成された作品で、鉤括弧も地の文章もなく、尋問者の発話はカタカナ、上原の発話は平仮名で書き分けられている。

朝鮮戦争が始まったころ、戦場から休暇で日本の基地にいったん帰還した黒人のＧＩ、ポール・ペイヴォン上等兵と上原が恋人関係になる。前線に戻るのを恐れ怯えるポールに上原は同情し慰めるが、ポールはとうとう脱走し、逮捕に来たＭＰにピストルを出したところを射殺されてしまう。尋問者はその経緯を上原に問いただしながら、やがて上原がポールに脱走をそそのかし、現金を受け取ったうえでＭＰに密告して射殺されるよう仕組んだと決めつけていく。つまり彼の作った供述調書で、ただポールに心を寄せて一緒にいただけの上原は、善良なアメリカ兵をだました悪女に仕立てあげられるのである。

ぺぃゔぉん上等兵ガぴすとるヲ持ッテイルコトヲアナタハＭＰニ知ラセタノデスネ。

そんな暇はありません。あたしはただ危いと思って……

オカシイネ。ＭＰハアナタカラキイタトイッテルヨ。

そんなこと。そんなはずはありません。あたしは夢中で……ピストルの音がして、気がついた時はＭＰに撃たれてポールは動かなくなっていました。

ソンナコトハナイネ。アナタガ悲鳴ヲアゲタノデ、ＭＰハアナタヲ助ケルタメニ、ぺぃゔぉん上等兵ヲ撃ッタノダトイッテルヨ。

違います。そんな……

デハナゼＭＰハぺぃゔぉん上等兵ヲ撃ッタノデスカ。

それはポールが脱走していて……

ＭＰハ何モシナイあめりか兵隊ヲ撃チマセン。アナタガ助ケテクレトイッタノデ威嚇シタノデス。

でもポールはただピストルをだしただけでした。

アナタハ悪イ女デスネ。自分ノ罪ヲミンナぺぃゔぉん上等兵トＭＰノコトニシヨウト思ッテイルノデスカ。

ポールは何もしないのに……

アナタハ彼ヲダマシタ。ぺぃゔぉん上等兵ハアナタカラ殺サレタノデス。

黒人兵が最前線に送られる暗黙の差別や、自軍の兵士を射殺してしまった不祥事を公けに認めるわけにはいかない米軍としては、何とか別の理由を工面しなければならない。こうして無知な日本の女を相手に、用意された筋書きに沿った調書が作りあげられていく。上原桃子が「ポール」と名を呼ぶたびに、尋問者は「ぺぃゔぉん上等兵」と言いなおしている。上原桃子が愛した「ポール」個人の苦悩や悲しみは、「ぺぃゔぉん上等兵」が所属する軍および国家と、どこまでも平行線を辿るしかない。

この作品を『ベッドタイムアイズ』と並べてみたとき、類似した設定であるにもかかわらず、また発表時期に十数年の違いしかないにもかかわらず、おのおのが書こうとしたものの差異には驚くばかりだ。戦後文学になじんだ世代の眼からは、片や鋭い政治的な洞察に富んだ重い告発であるのに比して、他方は高度経済成長期のポップ・カルチャーがもたらした軽薄きわまる恋愛小説——というふうに見えるかもしれない。

しかし私には、この対比からむしろ、山田の本質的な新しさが浮かびあがるように思える。井上の『ぺぃゔぉん上等兵』は、小説の技術的な側面も含めて、国家権力の狡猾さと庶民の無力さを対照することにはみごとに成功しているが、結局それは権力に引き裂かれた哀れな恋人たちという、ほとんど紋切型のプロパガンダ的なストーリーに落ち着いてしまう。その告発のバックボーンになっているのは、国家や組織とどこまでも相容れない個人という、なじみ深い近代文学的な二項対立の図式に他ならない。もちろん国家や権力は邪悪であり、個人はつねに虐げられた弱者であるという揺るぎない信念に、それは支えられている。

しかしその政治的権力を標的にした眼には、イノセントな恋人関係と見做されているポール・ペイヴォンと上原桃子との個人の関係が孕んでいたはずの、異人種間の恋愛の葛藤や齟齬《そご》はいっさい見えない。すなわちどこまでも個人は、権力と対峙させられている記号なのである。

それに対して『ベッドタイムアイズ』は、国家や権力には目を向けない。スプーンが米軍を逃げだした動機にはいっさい触れていないし、彼が売ろうとした機密文書の政治的な意味にも何ら関心を払ってはいない。官憲によって恋人を奪われる際にキムが抵抗を示すわけでもない。ただひたすら一対の異なる性と人種の個人間の、優越と所有の意識の揺らぎと変化を、精密に計測するように描くばかりだ。

それは山田の小説が政治や権力を等閑視して、個人の内的な意識に埋没していることを意味しない。むしろ個人間の関係は、あたかも政治的な外交関係のごとく、つねに流動のダイナミズムでとらえられている。どんなに強固そうに個人がふるまっていたとしても、個人の単位はつねにその関係の流動性に媒介されて化学変化を起こす元素なのだ。個人を「もう一つの国」と見做すとすれば、隣接する国家間が同盟を結んだり対立したり、侵略から占領へ、さらに独立に到ったりする、まさに国際政治での国家間とたがわぬ関係が、そこには記述されている。

山田の描く個人こそが、優れて政治的なのである。

6

それを踏まえたうえで、芥川賞を『ベッドタイムアイズ』と競って獲得した米谷ふみ子の『過越しの祭』と改めて比較してみよう。ここにも日本人女性とアメリカ人男性との関係が描かれている。

自由な芸術家に憧れて日本を脱出して以来、二十年間アメリカのロスアンジェルスで暮らしている日本人主婦の「わたし」が、久しぶりにニューヨークで休暇を過ごそうとした旅で、ユダヤ系アメリカ人である夫の親族たちのユダヤ教の儀式「過越しの祭」《パス・オーバー》に付き合わされることになる。脳障害を持って生まれた長男の過酷なケアにこれまで明け暮れてきた彼女は、やっと手にした束の間の自由を、興味の持てない宗教行事で潰されることに我慢できない。ただ一人、周囲の濃い結びつきのなかで異物でしかない自分を惨めに感じつづける。

ここに座っている人々は、どうしてわたしが、マリリン・モンローやエリザベス・テイラーのようにユダヤ教に改宗しないのだろうと思っているに違いない。この人々にとっては他宗教は存在しないのだ。こういう排他性がユダヤ教からキリスト教や回教に受け継がれ、その末はお互いに殺し合うようになったのだ。人の主義を黙って放っておけない御節介な西洋。それが植民地主義であり、宣教であり、ナチズムである。

（『過越しの祭』岩波現代文庫）

そして彼女はついに儀式の最中に、部屋から脱けだして逃げるのである。強固な自我と見識を持った「わたし」は、彼女の自我を脅かす異郷の集団の結託に屈従することができない。右の短絡的な論評も、抵抗しつづける「わたし」の自我がありったけの考えをふり絞るさまを伝えた描写である。

このように異文化の只中に飛びこんだ日本人の果敢な格闘と観察を体験的に語る『過越しの祭』が、国際化時代が始まったころの日本で高い評価を受けたのは、つまるところ異文化にも負けず、に奮闘して日本人の自我が守りぬかれているからではなかったか。「わたし」の自我は強固で、孤立無援であっても揺るがない。芥川賞の選評に「人間が書けている」(吉行淳之介)、「人生の愁苦を描いて十全」(水上勉)、「文章は堅固で、鑑賞に耐える」(安岡章太郎)といったきわめて伝統的な評価の文言が目立つのも、異文化を舞台としながらこの作品が完全に、私小説を典型とする近代日本的な一人称小説であることを物語っている。

もともと日本の近代小説における個人の自我とは、家や共同体や組織との対立葛藤をお膳立てすることで、はじめて強い自我であるかのように造形できたものだった。素のままの単独の日本人の自我は、昔も今も、流れに従って揺らめく「海草」なのである。日本社会の共同体を捨てて渡米したものの、次いでアメリカの、そしてユダヤ人社会の共同体と直面し違和感を抱くことで、米谷の『過越しの祭』の「わたし」の自我は保たれている。その点では『ベッドタイムアイズ』の「私」も同様に、「海草」的な日本人であることを嫌悪してアメリカの黒人文化に自分を近似させることで自我を確立したといえるかもしれない。

しかし、山田の小説は自我の強固さに依存しない。キムの自我は、なんと移ろいやすいことだろう。一貫して単独者である彼女の自我は、まずマリアによって培われ、次いでスプーンによって感化され、彼らとの関係のなかで目まぐるしく変化する。山田の作品世界で語られる個人の自我は、つねに愛した相手に反応して変容する。そして相手との関係性は、優越あるいは勝敗によって査定され、あるいは所有が争われ、あたかも国際政治の力学的なコンテキストで揺れ動く国家のごとく語られるのだ。

山田の小説がそのような自我と関係性を書くことが可能だったのは、個人が対等に影響しあい感化しあうエロティックな関係性を、もっと端的にいえば「悦楽」を原理としているからに他ならない。その際に異文化とは、もはや国籍や人種の差異に還元されるものではなく、個人と個人との他者間に、エロティシズムを媒介とした葛藤や変容を経て〈関係〉という第三の領域が生まれる瞬間のことなのだ。

もはやそれは、通常のエロティシズムの概念を超えたメタフィジカルな原理といっていい。しかし同時にそれは、一見リーダブルな甘美な語りによって、いつも慎重に覆い隠されてきた。

このデビュー作以来、山田は長いあいだスキャンダラスな誤解と偏見に曝されつづけたわけだが、むしろ山田の創りあげた「ビッチ」のポーズに、多くの読者はみごとに騙されつづけてきたというべきだろう。『ベッドタイムアイズ』のスプーンとは、十代のころに山田が愛読したボールドウィンの『もう一つの国』の影として、たまたまハーレム生まれの黒人であったにすぎない。あるいは当時の山田がたまたま愛した男の影であったにすぎない。まもなく山田の〈関係〉探求の実験では、さまざまな異性が、あるいは同性が、試薬のように投入されることだろう。

他者が出会い二人のあいだに悦楽を求める〈関係〉の世界が芽生え成長していく永遠の思春期、卒業のないカリキュラムを山田は探求しつづける。自我がいささかも揺るがない恋愛巧者の自惚れた武勇伝と、それを決して混同してはならない。このようなエロティックな関係性の原理的探求に徹して小説を書くことじたいが、おそらく日本の近代以来、希少な異文化だったのである。

そこに立ちふさがる一つの壁があるとすれば、エロティシズムの原理以上に離れがたい関係性が天然自然のごとく信じられている「家族」という概念である。結婚によって夫婦となった男女もまた、「家族」という幻想にたやすく参入していく。そこではエロティシズムは家族づくりの前段階に許された必要条件のごとく見做される。いったん安定した家族が形成されるとエロティシズムはたちまち厄介者の余剰物となり、とりわけ家族の外部者とのエロティックな関係は、不道徳な裏切り行為と非難される。

揺らぎを身上とし、危うさと隣りあわせのエロティシズムに基づいた〈関係〉を至上原理とする山田にとって、エロティシズムを排除するかぎり「家族」は宿敵でなければならない。こうして『ジェシーの背骨』（一九八六）、『トラッシュ』（九一）を経由して最近の『ジェントルマン』（二〇一一）、『賢者の愛』に至るまで、山田の小説においては「家族」へのインモラルな挑戦が、つねにエロティックな関係の近隣に見え隠れすることになる。

未成年の直巳に、真由子がみだらな行ないを強要したことなどあったでしょうか。いいえ、ひとつも。彼は、いつも、勝手にそそられて、欲情して、うつつを抜かしていた。彼女が彼に触れたのは、母親でも、女友達でも、親戚のおばさんにでも許される範囲でのこと。え？　何度も射精してしまった？　それは、そっちの勝手でしょ？　むしろ、射精を我慢させる方が快楽の度合を増すためのようで嫌らしい。ああ、でも、やはり、彼女は、彼を犯し続けて来てしまったのかもしれません。言葉という彼女だけの、そして、彼の中にしか挿入出来ない性器を使って。何しろ、心の中で保ち続けて来た百合への憎しみは、常に鮮度もそのままで、真由子を勃起させ続けて来ましたから。

（『賢者の愛』）

谷崎潤一郎の『痴人の愛』のグロテスクなパロディというべきこの小説で、恋人と父親を自分から奪った旧友百合への復讐を、真由子は百合の一人息子直巳を性的に支配することで遂げようとする。周知のように『痴人の愛』は、養女にした少女ナオミを理想のレディに育てようとしたものの、意図に反して（じつは秘匿された願望どおりに）みごとな悪女に成長したナオミに支配される男の物語である。だが『賢者の愛』は百合への憎しみをたぎらせつづける真由子が少年の直巳を馴致《じゅんち》しおおせたように見えて、百合のさらに残酷な「愛」から逃れられない宿命を思い知ることになる。

エロティシズム探求の偉大な先達をも超えて、山田のエロティシズムのメタフィジックスは愉悦さえ帯びて飛翔しつづけている。愛と憎しみを、言葉と性器をほとんど区別がつかないまでに融合させ、性別さえも横断する。もはやここには恋愛も家族も、マゾヒズムなどという用語さえも、本来の意味では存在しえない。「愛」のモラリストが孤高の哲人となって未踏の領域へ進んでいくうしろ姿を、私たちは追うしかないのだ。

『ベッドタイムアイズ』で「私」が舐めたスプーン一杯の「美味」から、その遥かな道程は始まっていたのである。

第6章

イカの宿命を受け継ぐエトランゼ
——多和田葉子『かかとを失くして』

1

群像新人文学賞は、募集規定の枚数制限が四百字詰め原稿用紙換算で七十枚以上、二百五十枚以内となっている。過去には「四、五十枚の短篇も可」と併記されていた時期もあったが、これまでの受賞作のほとんどは上限に近い枚数だった。八十枚余りの短編である『かかとを失くして』は、おそらく最も短い受賞作だろう。逆にそのことは、この作品がいかに強烈で濃密な存在感を発揮していたかを物語っている。

夜行列車で訪れた町の中央駅に降り立つ冒頭は、いま読んでも多和田葉子の出発点に完全にふさわしいと思わずにいられないし、それが『旅をする裸の眼』や『ゴットハルト鉄道』や『光とゼラチンのライプチッヒ』や『容疑者の夜行列車』の冒頭に置き換えられたところで何の違和感もないだろう。つまりこの作品の書かれたとき、その後に書かれたあらゆる場所の発端に、すでに作者は降り立っていたのである。

「書類結婚」で「遠い国」の町にやってきた「私」は、到着したとたんにけつまずき、かかとを路傍の子供たちに笑われる。黒いドアの部屋に隠れて姿を見せない「夫」との奇妙な同居を始めながら彼女は学校に通うが、町には溶け込めないままだ。夫が予約したらしい病院に行ったところ、医師に「プラスチックで足の一部を補強する」手術を勧められるが「私」は拒否する。ついに五度目の朝、夫の部屋の扉の鍵を錠前屋に壊してもらうと、室内には死んだイカが横たわっているだけだった。

この不思議なアレゴリーに覆いつくされた作品について、柄谷行人、田久保英夫、津島佑子、三木卓、李恢成の選考委員のうち、選評を読むかぎり最も積極的に推薦したと思われる柄谷行人は、「読みつづけながら、徐々に奇妙なリアリティを感じはじめた」という表現とともに、次のように述べている。

「外国」体験の小説はたくさんあるが、ここに書かれているのは、いわば「移民」あるいは「難民」の体験の凝縮というべきだろう。「かかとを失くして」とは、「浮き足立つ」とか「地に足がつかない」という言葉を（夢がそうするように）文字どおり形象化したものといっていいかもしれない。

（「変化の兆候」）

かなり本質を見抜いた評ではあるが、「かかとを失く」す解釈については言葉の「形象」上の類比に留まっているのも仕方あるまい。誰もが際立った特異性を認めながらも、謎かけのような「形象」にとまどうしかない——これはそんな作品として登場したのだった。

それに対して、作者自身は受賞の翌年に次のように述べている。

「かかとを失くして」は、かかとのない人間なんていないという気持ちと、かかとなんてなくても立派に暮らせるという気持ちが前提になっている。かかとのない小説が、書きたかった。かかとのない小説とは、自分の関わっている伝統を無視して自由に放浪する文学のことではない。かかとのない文学とは、つまさきが地についているからこそ、絶えずころびそうになっている文学ではないかと思う。そして、ころびそうな人間というのはわたしにとっては、どっしり座りこんでいる人間よりも、ずっと面白い人種なのだ。

（「すべって、ころんで、かかとがとれた」、「本」一九九二年五月号）

「かかとのない文学」のヴィジョンを述べようとしたこの文章は、「伝統を無視して自由に放浪する文学のことではない」という、拒みたい解釈を明快にした以外には、作者が未曾有の概念をまだ手探りで模索している状態を伝えている。というより多和田葉子の文学とは、そのヴィジョンへの手探りを未だに続けている営みなのだし、私たちもまたそれを理解しようと努めつづけている途上なのだ。

少なくとも当時、多和田の出現が衝撃だったのは、ドイツ在住のバイリンガル作家の登場という点だった。彼女は日本でのデビューに先立って、すでにドイツ国内でドイツ語の小説を発表していた。デビューの年に、ドイツで二冊目の著書が刊行されている。二つの国と言語をまたいで、同時にほぼ同レベルの活躍をしている書き手が出現したという驚くべき現象を、私たちは目にしたのである。

それは外国文学の輸入と翻訳と模倣を通じて、たえず意識と方法を刷新しつづけてきた近代以降の日本文学の歴史と、完全に一線を画した出来事であり、ある意味では当時の流行語であった「国際化」の輝かしい実現とも見えた。

講談社文芸文庫『飛魂』巻末の最新の年譜（谷口幸代編）によれば、多和田が早稲田大学卒業後、インドから各地を経てハンブルクに到着し、同市内の書籍の輸出取次会社に就職したのは八二年である。そして八六年からハンブルク大学のジークリット・ヴァイゲル教授のゼミに通いはじめ、同大学院修士課程を修了したのは九二年。『かかとを失くして』は、その修士論文執筆中に書かれたという。ちなみに多和田はその後、ヴァイゲル教授の転勤先であるチューリッヒ大学に博士論文を提出し、二〇〇〇年に学位を得ている。

それはちょうど日本が急速に経済発展して、外国との隔たりがどんどん縮んでいった時期と重なる。一九八五年のG5とプラザ合意を受けて、一ドル二三八円の為替相場が翌年には一六八円となり、八七年には一四四円になった。それに伴って海外旅行者の数も、一九八一年から十年間で三倍近くになり、一千万人を突破した。日本人学生の海外留学も、八〇年代には一万人台となり、八九年には二万人を超えた。海外の情報や体験を満載した雑誌や書物が巷にあふれ、読者の海外への夢を掻き立てた。

そんな日本の国際化インフレーションのなかで、多和田の経歴は日本人女性が外国に渡り、かの地の言語をマスターする夢を実現しただけではなく、外国語と母国語の双方で詩と小説を発表して認められるという破格の成功を収めたと見える。しかし憧れた外国に移り住み生活環境を共にする――あたかも〈外国〉との結婚のような「国際化」の夢想が実現された結果として、この作品がもたらされたのではない。むしろその夢想が、みごとに打ち砕かれている世界が『かかとを失くして』なのである。
「私」が列車から降り立つなり「けつまずいて」倒れてしまった場面に、次のような記述がある。

腹の下の鞄の中で卵のつぶれる音がしたのが気になって開けてみると、ゆで卵は三つとも無事で、後は、着替えと分厚い帳面が三冊と万年筆しか入っていないので、なぜそんな音がしたのか、いったい何がつぶれたのか見当もつかなかった。

このとき真っ先につぶれたのは、いわば母国から抱いてきた卵のようにナイーブな「国際化」の夢想そのものだったといえる。
町は「天井も傾いているようだが、地上に目をもどすと、やっぱり地盤も傾いているらしい」。この身体的な違和感に擬して描かれた異文化の空間は、最後まで「私」と融和することはない。また書類に書かれていた条件「好きな学校に行ける」に従って、彼女は「初心者総合専門学校」へ通うが、町のことを知りたいという「私」の要請に、教師はなかなか満足に応えてくれない。彼らには自分たちの文化を異文化と感じる者への想像力が存在しないのだ。ただ文化を共有しない欠損を「かかとがない」と見ているのである。
さらにもうひとつ、「私」の来訪の密かな動機が、鞄の中の「分厚い帳面が三冊と万年筆」に暗示されている。「今は帳面は白紙」だが、町を知って余裕ができたら文章で埋めようとしているらしい。鞄を夫が「保管している」と気付いた彼女は、最後に帳面を取り戻すために黒いドアの鍵を錠前屋に壊してもらうのだが、錠前屋から夫の職業を問われた「私」は、とっさに「小説家です」と答えている。

この経緯は「私」の内部に蔵された文学的野心に似た動機を窺わせる。すなわち彼女はこの異国で学んだ体験を基盤にして、将来書き手になることを夢見ているらしいのだ。しかし帳面が書かれるのは、密室内に死んだイカの「夫」が見つかり、「私」が「未亡人」となって「新しい出発」をする未来に留保されたままである。

こうして「私」は、遠い異国の町で違和感と所在のなさから脱け出せないまま「結婚」にも、「帳面」を書くことにも頓挫する。

多和田はたしかに「バイリンガル作家」としてデビューしたが、この物語に描かれているのは外国の文化に精通した国際人の華々しい成果などではない。深く入れば入るほど、つまずきつづけるしかない異文化との隔たりであり、翻って母国語の文学の伝統にももはや回帰できない異邦人でありつづけることだった。

いいかえれば誰もまだ到達しなかった深いところまで、多和田は旅してしまったのである。

2

いうまでもなく日本文学は近代以降、外国語と外国文学の理解や翻訳、さらには影響と模倣を通して、伝統的な日本の土壌にはない新しい意識と方法を取り入れてきた。二葉亭四迷や夏目漱石の時代だけではなく、今日にいたるまで同様の輸入は繰り返されている。

たとえば多和田の登場より十年ほど前、現代アメリカ文学の強い影響を感じさせる作品でデビューしたのが、村上春樹と高橋源一郎である。彼らの登場もまた今日も色あせない鮮烈なものだったが、なおそれは外国文学の影響から新しい日本文学を開拓するという近代的な〝伝統〟を踏襲していた側面が否めない。

すでに前にも紹介したが、一九七九年に村上春樹の『風の歌を聴け』が群像新人文学賞を受賞した際の選評で、選考委員の丸谷才一は「新しいアメリカ小説の影響」と題して、次のように評している。

村上春樹さんの『風の歌を聴け』は現代アメリカ小説の強い影響の下に出来あがつたものです。カート・ヴォネガットとか、ブローティガンとか、そのへんの作風を非常に熱心に学んでゐる。その勉強ぶりは大変なもので、よほどの才能の持主でなければこれだけ学び取ることはできません。昔ふうのリアリズム小説から抜け出さうとして抜け出せないのは、今の日本の小説の一般的な傾向ですが、たとへ外国のお手本があるとはいへ、これだけ自在にそして巧妙にリアリズムから離れたのは、注目すべき成果と言つていいでせう。

村上のスタイルが翻訳小説風だと批判する意見が少なくなかったなかで、英米文学翻訳の大家でもある丸谷は、「現代アメリカ小説の強い影響」を認めたうえでなお、その「勉強」によって

「昔ふうのリアリズム小説から抜け出」せた成果を評価したのである。いいかえれば「昔ふうのリアリズム小説」はそのような一種の非常手段でも用いなければ抜け出せない強固な壁だったのであり、「現代アメリカ小説」の「勉強」は、いわば村上がその壁を越えるために選択したやむをえない抜け道だったのである。高橋源一郎のデビュー作『さようなら、ギャングたち』もまた、「カート・ヴォネガットとか、ブローティガンとか、そのへんの作風」を感じさせる点では、村上春樹と同じ抜け道を通っているといっていい。

いってみれば、村上や高橋は現代アメリカ文学から「かかと」を借りることで、日本の「昔ふうのリアリズム小説」の「かかと」で歩く慣習から逃れることができたわけである。しかし「昔ふうのリアリズム小説」とまったく異なる点では共通していても『かかとを失くして』は、もちろん現代ドイツ小説の影響によって生み出されたものではない。「かかと」じたいが失われた世界のヴィジョンを描いていたのである。

さらにいえば、「かかと」を失くすことによって異なる言語と文化のあいだに拓ける領域が、オルタナティブな異文化として創出されたといってもいい。

その特異性を確かめるために、ここで多和田の先例ともいえる一人のバイリンガル文学者を思い出してみたい。二十世紀初頭に国際的詩人として評価されたヨネ・ノグチ、野口米次郎である。

一八七五年生まれの野口米次郎は、弱冠十七歳で独りアメリカに渡り、九六年に二十一歳で英語の詩集『Seen and Unseen』を出版して識者の注目を浴びた。第二詩集『The Voice of the Valley』を続けて出版後、匿名で日本人初の英文小説『The American Diary of a Japanese

Girl』も発表し、これも評判になった。欧米の詩壇から本格的に注目されるようになったのは、一九〇三年にロンドンで出版した詩集『From the Eastern Sea』によってである。ロンドンには同年末まで夏目漱石が留学していたが、ほとんど引きこもり状態のまま帰国した漱石と対照的に、野口は東洋出身の前衛詩人として名声をほしいままにした。翌年の帰国後も欧米での活躍を続け、一九二一年には日本語による初の詩集『二重國籍者の詩』を刊行し、それを皮切りに多くの詩集や評論を国内で刊行した。

タゴールと並び称される東洋の世界的詩人と当時は賞賛され、また後の世界的芸術家イサム・ノグチの父でもある彼が、今日ほとんど知られていないのは、戦時期の愛国的発言によって「戦争協力者」のレッテルを貼られたことが大きな原因といわれる。しかし戦時中に「戦争協力」をしたのは、大多数の当時の文人芸術家と異ならない。敗戦から間もない一九四七年に死去した彼には、戦後の活動によって評価を復活させるチャンスがなかったのである。何よりも「二重國籍者」であった彼を、英語と日本語の双方から俯瞰し評価する地盤が内外に乏しかったのが最大の理由だろう。いわば彼は、早すぎたバイリンガル詩人だった。

『二重國籍者の詩』の「自序」で、野口は次のように書いている。

日本人が僕の日本語の詩を讀むと、
「日本語の詩はまづいね、だが英語の詩は上手だらうよ」といふ。
西洋人が僕の英語の詩を讀むと、
「英語の詩は讀むに堪へない、然し日本語の詩は定めし立派だらう」といふ。

實際をいふと、
僕は日本語にも英語にも自信が無い。

云はば僕は二重國籍者だ……
日本人にも西洋人にも立派になりきれない悲み……
不徹底の悲劇……
馬鹿な、そんなことを云ふにはもう時既に遅しだ。
笑つてのけろ、笑つてのけろ！

この自画像は謙遜というより自嘲に近い。いつも衝動のまま行きたい場所へ飛び出していた野口は、中学も大学も中退している。英語を独学で身につけ、詩を自己流で書いた彼にとっては、十代から遠ざかっていた日本語も、いわば初学者のレベルのまま留まっている一種の外国語だったといっていい。

星野文子の『ヨネ・ノグチ　夢を追いかけた国際詩人』（彩流社、二〇一二）によれば、彼の第一詩集が登場したとき「サンフランシスコ・クロニクル」紙は「言葉の不思議な積み重ねの、新しい自然詩」と評し、また「カンザス・シティ・スター」紙には「外国語である英語を習得し切っておらず、若さ故の未熟な考えや、曖昧な表現などあるものの、ノグチの詩は魅力的である」という書評が出た。ジャポニズムや東洋趣味が流行していた当時の欧米で、ノグチの詩は完全な英語ではないゆえに、かえって神秘的で自由奔放な前衛と見られたのである。そして帰国した日本では「世界的詩人」としてやみくもに崇拝された。
そういう自分を、野口は「エトランゼ」と呼んでいる。

私は一八九歳の頃から十數年間、英米両國に於てエトランゼとして生活した。エトランゼには、いかなる國に彼が滞在しても、その國の人々に許されない自由が許される。獨立が許される。エトランゼはその國の歴史を知らないであらう。傳統を知らないであらう。又これを知らないことを喜ぶであらう。彼は精神的放浪人である。

（『人生読本　春夏秋冬』第一書房、一九三七）

この野口の「精神的放浪人」「エトランゼ」の自覚は、半世紀余り後に多和田葉子が描いた「かかと」を失くした旅人と、ほとんど変わるところはないように思える。
前出した多和田の「かかとのない小説とは、自分の関わっている伝統を無視して自由に放浪する文学のことではない」という言葉が、改めて皮肉を伴って思い浮かぶ。
訪れた国の「傳統を知らない」と書く野口は、逆に日本と東洋の伝統を生涯背負いつづけた詩人だった。その母国の「かかと」をあまりに強く持っていたために、彼の「二重國籍者」の自覚は「立派になりきれない」「不徹底」な、つまりは「かかと」の欠如を憂える結果になったのである。不足と欠如の自覚がぬぐえないゆえに、野口は「傳統を知らない」自由な「精神的放浪人」と自己規定するよりなかった。不幸な「かかと」の呪縛がそこにはある。

野口を苦しめた言語と文化への「自信」や「立派」や「徹底」へ向かう欲望を、あるいは日本人か西洋人になりきるという幻想を、多和田は意志的に拒んでいる。「二重國籍」の境界で、どちらにも「なりきれない」欠如ではなく、なりきらない意志に立って双方の文化と言語につまずくこと、ころぶことを、むしろ尽きない創造の源泉として多和田は見出したのである。

母国と異国、東洋と西洋、日本語と外国語のどちらに所属するか、という二者択一を迫る強迫は、いつも「一」と「二」の貧しさに囚われている。大学でロシア文学を専攻したのちにドイツに住み、ドイツ語で表現しはじめた多和田が選んだのは、「三」もしくは「多」の関係に他ならなかった。

たとえば二作目の日本語作品『三人関係』は、まさに『かかとを失くして』が潜めていた次の段階のヴィジョンを私たちに示している。

つかみどころがなく、ぼんやり、ゆったりとした関係。誰が誰と結びついているのか、わからないような関係。いつも、ふたりで、残りのひとりの噂話をしているような関係。おしゃべりから成り立っている関係。女性ふたりと男性ひとりの関係。あるいは、女性ひとりに男性ふたり。

（『三人関係』）

このように「三人関係」について妄想するOLの「私」は、会社にアルバイトに来た大学生、川村綾子から、「私」の憧れている作家、山野秋奈と面識があるという話を聞く。さらに秋奈の夫である山野稜一郎が、綾子の高校時代の美術部の顧問であり、自宅に誘われたと知る。一方「私」は別れた恋人のいとこである杉本が、稜一郎の古い親友だったことを知って近づく。

恋する秋奈に近づくために、二人の女がそれぞれ秋奈に関わる男を経由するのだが、どこまで行っても秋奈と二人だけの相対した関係には至らない。迂回と経由、あるいは仲介を軸とした「三人関係」が糸のもつれるように連鎖していく。ついに綾子の話がすべて作り話であるらしいと判明したあともなお、「私」は綾子の語る秋奈の物語を一人二役になって創りあげていくのだ——。

恋愛の成就や結婚という完結し閉じた関係性に至ることが欲望の目的でも結実でもなく、「誰が誰と結びついているのか、わからないような関係。いつも、ふたりで、残りのひとりの噂話をしているような関係」を妄想的に生みだしていくエネルギーこそが、多和田の小説における欲望のふるまいなのである。

だとすれば、『かかとを失くして』における異文化への参入と「結婚」もまた、幸福な適応というゴールに至るはずがなく、またそれを目指す努力でもありえないはずである。

3

雑誌「ユリイカ」の「総特集　多和田葉子」（二〇〇四年十二月臨時増刊号）掲載の「多和田葉子自筆年譜」によれば、「かかとを失くして」というタイトルは、群像新人文学賞の最終候補に残った際に編集者が提案したもので、作者がつけた元のタイトルは「偽装結婚」であった。結婚はこの作品の正面から謳われたメインテーマだったのである。

黒いドアの部屋に身を隠している「夫」は、「私」と一度も身体の接触を持たない。しかし「夫」のもとにはあらかじめ十枚の写真が送られていて、「その中には水着すがたの写真まであるのだからもう二人はすっかり知り合ったも同様、私は正式の妻」とあるから、少なくとも「夫」は性的な対象として「私」を承認しているはずだった。

この町じたいが、「書類結婚」の女を受け入れている町なのである。駅から降りてころんだとき、「私」の目の前には「巨大な広告板」があり、「青いタイツをはいた女の写真」が使われていた。大男がその古い広告を貼りかえようと「女のおなかの部分を剝がすとその下には朝食の卵立てと紅茶ポットの写真」が現れる。

下半身を強調する女の写真が、卵と朝食という出産と家庭のイメージを内蔵している町の広告は、この町が結婚を強く奨励し、いわば花嫁募集を、それも外国人を書類（写真）審査で募集していることを暗示する。「私」の背後から男の声が「ああいうことは隠していてもすぐにみんなにわかってしまうんだよ、と意地悪そうに言っているのが耳に飛び込んできて、私は自分のことを言われたように驚」くのも、花嫁輸入に向けた住人の悪意を感じさせる。

過疎に悩む日本の農村が嫁不足解消のため、中国やフィリピン、タイなどのアジア諸国から花嫁募集をするようになったのは八〇年代半ばからである。行政がそれを積極的に推進し、そこに便乗した悪質なビジネスも横行した。ドイツで果たして日本と同じようなことが行われていたのかどうかは知らないが、この作品が花嫁輸入を町の背景に想定していることは、「学校」での女教師とのやりとりからも明らかである。

作品内で「私」は学校へ三度行っている。

最初に行ったとき、雨に打たれて「ブラウスが体にくっついて乳首が透けて見えた」「私」に、「睡眠薬のにおい」のする女教師は「あなたのような女のケースは社会問題であり、政治問題でもありますからね」と告げる。

二度目の授業で女教師は、苛立たしげに煙草を吸ったあと、買い物の仕方と別れの挨拶について教えるが、「教育のあるないは階級の問題」であると漏らす。

この女教師が嫌味を込めて仄めかしていたことは、三度目の授業で「産休」の代講に来たという痩せた「知らない女」によって、次のように明言される。

女はまた私の服を観察して最近は発展途上国から卑屈な女たちが輸入されており、この町の男たちの中にはそういう女を欲しがるのもけっこういて、解放された自国の女たちの結婚のチャンスがせばめられている、と言って私の反応を待った。私が、それは知らなかった、と答えると、そういう女たちはお金が目当てで結婚する不道徳者で、貧しい村から来て貯金ができると離婚して帰っていくのだが、教育がないから、こういう女たちに愛とは何かを教えるのは無理だろうが、それでも敢えてその無理に挑戦して自分は教師になったのだと誇らしげに結んだ。でも私はそういう女たちとは違いますよ、と私ははっきり言い切った、私はよく考えて決心して、つまり自分の意志で来たんですからね。

彼女たちが「私」に教えようとしたのは、つまり結婚を「不道徳」にしている経済と教育の階級的な格差の問題である。「私」はどこまでも教師たちが所属するこの町の「階級」には適合しない「卑屈な女」と看做《みな》されるのだ。

その「階級」意識は、「発展途上国」への差別や偏見にとどまらない。駅に降り立った直後の「私」が見たあの「青いタイツをはいた女」の広告写真が改めて思い起こされる。

「青いタイツ」はブルーストッキング、つまり「青鞜」――初期のフェミニズムの自覚と行動を起こした女性たちを連想させる。日本では、平塚らいてうを含む日本女子大学の同窓生を中心に一九一一（明治四十四）年に創刊された雑誌名で知られている。発案した生田長江の名付けのもとになったのは、十八世紀イギリスのエリザベス・モンタギューたちの文学サロンを指す「Bluestocking」だった。オックスフォード英語辞典の語義に「文学趣味をもっている女性、あるいはそのことを衒う女性」と定義されているように、それはもともと賞賛よりも男性側からの揶揄と皮肉がこめられたニックネームである。

古い広告の「青いタイツをはいた女の写真」の「女のおなかの部分を剝がすとその下には朝食の卵立てと紅茶ポットの写真」が現れるこの場面には、元祖「青鞜」の英国女性たちが知的ではあっても、結局は上流階級の家庭的な賢夫人でありつづけたことを、この町があたかも規範のごとく看板にしていることを感じさせる。つまり、そこには女性の地位と教養の向上と引きかえに、「家庭的」なモラルの強制が織りこまれている。

一方、日本の「青鞜」の女性たちは、一九〇八年に女学生だった平塚らいてうが森田草平と起こした「心中未遂事件」のスキャンダルのために、色情に狂ったふしだらな女たちという偏見に曝されがちだった。学問や文学に関心を持ち生き方の自由を主張しはじめた女性たちを、色事と生殖の属性に封じこめようとする男性社会の支配的視線がもちろんそこにはある。

らいてうは「青鞜」創刊号に、意気軒昂なマニフェスト「元始女性は太陽であつた」を書く。


元始、女性は実に太陽であつた。真正の人であつた。

今、女性は月である。他に依つて生き、他の光によつて輝く、病人のやうな蒼白い顔の月である。

偖《さ》てこゝに「青鞜《せいたふ》」は初声《うぶごゑ》を上げた。

現代の日本の女性の頭脳と手によつて始めて出来た「青鞜」は初声を上げた。

女性のなすことは今は只嘲りの笑を招くばかりである。

私はよく知つてゐる、嘲りの笑の下に隠れたる或《ある》ものを。


元祖「Bluestocking」が辛うじて認められた知的な賢夫人のサロン的自由は、他方で「嘲りの笑」を生みだした。いわば女性という階級の内部に「教育のある」「解放された」女をつくりだす一方で、「不道徳」で「卑屈な女」という下位の階級を作りだすことになったのである。「解放された自国の女たち」のひとりであることを自任する教師は、自分たちが「お金が目当てで結婚する不道徳者」の跋扈に脅かされているという不安を正当化するために、異国からやってきた「私」に「嘲りの笑」を向けなければならない。

その「階級」に潜むジェンダーの問題を思い知らされる場面が、もうひとつある。五日目に

「私」が病院を訪れたとき、待合室で「水着姿で釣りをする女の写真」が載った週刊誌を読んでいる女と会う場面だ。

女は「私」の顔を斜めから観察して書類結婚の旅人であることを言い当てると、自分は夫と別れて一人暮らしをしていると打ち明ける。「最近この町では女性の一人暮らしの価値が認められて」きたらしい。女は「私に職業がないと初めから決めつけ、それを哀れんでいる」ような目を向ける。そして誇らしげに自分は会計士であると告げ、それを聞いた「私」は「どうやら社会に認められるためには、離婚しただけではだめで職業が必要らしい」と悟る。

この女は、先に女教師が口にした「解放された自国の女たち」の一例である。

女教師たちを含め、非難をこめて「私」を見下す彼女たちは、いずれもこの町で「社会に認められる」自立した女たちである。しかし睡眠薬のにおいがしたり、煙草の煙を「憎しみを持って吐き出す」女教師は、少しも幸福そうに見えない。三度目の授業で会った女教師も「全く外へ出たがらない」夫から「お出かけ好き」と決めつけられたせいで、足を腫らしても外を歩きつづけるようになり、離婚してようやく解放されたと打ち明ける。そして待合室の女は、足のかかとが腫れて痛むので受診に来たのである。病院へ来る直前のバス停では、「靴のかかとがひどく高いせいか、一歩ごとに前につんのめりそうにして歩いていく」女の姿も点描されている。

社会の制度の中で「解放され」「認められる」代償に、かかとを腫らしている女たち――。それが彼女たちの守護しようとする誇らしげな「階級」の実態なのである。

それに比べると「私」が「かかと」を持たないことは、不利な欠陥というよりむしろ、一種の幸運でもあることになる。すなわち「私」は、この町の女たちの「階級」には決して所属できないからこそ、「かかと」を腫らして痛みに苦しむこともないのである。だとすれば「私」が「かかとを失く」すのは、むしろ潜在的な意思決定とも見ることができるのだ。

4

この物語では、書類結婚で嫁いできた「私」の夫が怪物めいた無気味な存在で、最後にはイカだったことがわかる。ホラー的な筋立てでいえば、怪物の夫が死んでしまって「私」はやっと恐ろしい結婚生活から解放されることになる。

しかし、そうだろうか——。イカの夫をどう理解するかで、この物語はまったく異なる様相を帯びてくる。

「かかと」と結婚と、そして「イカ」との関係を、この物語で命題のようにはっきり提示するのは、貧しい階級らしき路傍の子供たちのはやし歌である。

旅のイカさん、かかと見せておくれ、かかとがなけりゃ寝床にゃ上がれん

書類結婚でやってきた異邦人をからかい、「かかと」がない「私」なんかにまともな結婚はできない、といっていることは理解できる。しかし彼女に対してまで呼称される「イカ」とは何なのか——。

初日に訪ねていった家に入れず、空腹なのにお金を持たない「私」は、白い猫のあとを追って入り込んだ路地奥の軽食スタンドに立ち寄る。中から手招きされてイカ墨料理らしい食べ物を貰った「私」は、お礼に「イカの耳をむしる」仕事を手伝うのだが、そのときイカのことを「かかとのない十本の足」と表現している。

つまり「かかと」がないことと「イカ」は同義であり、それゆえ「私」は「旅のイカ」なのである。

天井も地面も傾いていると「私」には感じられたこの町にも、「私」を受け入れてくれた場所がある。例の路地奥の軽食スタンドと、港のお祭りがあるという三日目の夜に入った料理屋である。ニンニクのにおいに惹かれて入ったのだが、そこでは彼女のかかとに目をやる者はいなかった。一般にドイツ人はイカもニンニクも苦手だから、そこはいずれも異邦人が主か客であるような店らしい。前に「私」をはやした路傍の子供たちも「歯の処々欠けた口」をしていて、底辺階級の移民の子供と思われる。

お祭りの夜の路上で、背広の紳士を「黒いジャンパー」の少年三人が襲撃する場面もあるが、そのとき男は彼らのことを「なんだヨソ者か」といっている。少年は「私」に「私の客か」と訊き、襲われた男は「私があの少年の姉なら早く少年院に入れたほうがいい」という。つまり少年たちと「私」は、ひと目で同じ階級（チンピラと娼婦）に見える「ヨソ者」同士なのである。

つまりこの町では、地域を塗り分けるように異なる階級層が暮らしているらしい。しかも港町ゆえか「ヨソ者」が多い。

この「私」の彷徨のリアル・ヴァージョンといえる場面が、第三作『ペルソナ』に書かれている。ドイツの中世文学を研究している弟「和男」と一緒にハンブルクに留学して同居している「道子」が、友人が勤める病院内で広がった韓国人男性に対する差別的な噂に同じ東アジア人としていたたまれなさを募らせる。そのことを弟に話しても理解してもらえなかった翌朝、道子はアパートを出て、追われるように日頃近づくのを避けていた港の西の方面へ歩きつづけていく。そこは移民や難民の居住地区だった。

工場のすぐ近くには、難民の収容所があり、道子が見たこともないような派手なジーンズやジャンパーを着た黒人たちが立ち話をしていた。（中略）ベトナムから来たの、と男は道子に英語で尋ねた。その男の後ろから別の男が派手なジャンパーを孔雀の羽根のようにひろげて近づいてきた。韓国人かい、とその男が尋ねた。気がつくと、いくつもの顔が道子を取り囲んで答えを待っているのだった。タイ人かも知れない、という声がした。いや、フィリピンだろう、という声がした。

違いますよ日本人ですよ、と道子は仕方なく答えた。ああトヨタか、と言って最初の男が艶めかしく笑った。道子はからだの向きをもとにもどして歩き始めた。わたしはトヨタなんかじゃない、と思ったとたん自分のからだが小さな自動車になってしまったような気がした。

道子は彼らの視線にさらされたとたんに、自分が顔の区別のつかない「東アジア」の人間でしかなく、たとえ日本人と名乗ったとしても「トヨタ」が代名詞となる辺境の異人であることを思い知らされる。

欧米社会での国家内部に生活階層がすでにあり、周縁からの移民や難民がその下位に位置づけられる。さらにその下にざっくりと帰属の不可解な「東アジア」の階層が置かれる。『かかとを失くして』で花嫁としてやってきた「私」は、国籍を名指されることはないものの、移民や難民の階層よりさらに低く遠い、顔の区別のつかない、不気味な異類のような「ヨソ者」として遇されているといっていい。

では「夫」はどうなのか。

「中央郵便局通りの十七番地」という彼の住所は、どうやら町の中心に位置するらしいが、町の道には人の姿がない。しかしこの「十七」の数字は、町に夜行列車が到着した「九時十七分」に始まり、病院の受付で受け取った番号札の「十七番」、そして「手術拒否許可証」を受け取りに「私」が訪れた婦長の部屋「十七号室」と奇妙に符合している。いわばこの物語で「私」を導きつづける運命的な数字である。夫との縁が薄いとは、とうてい思えない。

一度も顔を合わさないものの「私」は夫と夢の中で四度会っている。夢と現実の境界も国境と同じように曖昧だとすれば、まさに夢を用いて夫は人のかたちになって現れたのである。最初の夢では夫は自分が年を取っているのを苦にしている。二度目には抱きついた「私」を、義手の彼は持て余す。三度目には料理屋で見かけた「ラマに似た青年」の姿で登場するが、これは「私」の一種衝動的な浮気かもしれない。そのせいか四度目の夢で、「私」は「気が重く」夫から「顔をそむけたかった」。そんな「私」が考えているのは「卑猥な事か」と夫は問い詰め、「私」が答えないと癇癪を起こし、ある行為を起こすのである。

すなわち彼は、私の耳の穴に万年筆を突っ込み、黒インクを注ぎ込むのだ。

ドイツ語で「イカ」は万年筆のインクの「tinte」を含んで「墨の魚 tintenfisch」と書く。「墨の魚」だからタコとも区別がない。タコとイカは欧米ではしばしば悪魔の連想と結びついていて、あまり食されない。イカである夫に、どこか怪物めいた印象がつきまとうのも無理はない。夫がじつはイカであったという結末を考えると、このとき耳の穴に万年筆を挿し込みインクを注入した行為は、露わなほど性的な意味合いを帯びる。だとすれば、夢の中の「偽装」とはいえ、ついに夫は「私」との結婚を遂げたのである。

うつつの姿こそ現さないものの、夫は「私」の朝食の準備を整え、置かれる札も毎朝日数に合わせて増えていた。ホスピタリティに何ら問題はなく、「私」は夫にずっと庇護されて日を送っている。

町の中の邸宅で外出しないまま暮らしているイカの男と、異邦からやって来たかかとのない「旅のイカ」との結婚。それは果たして不幸な結びつきだったろうか。

夫は妻のために、病院の診察予約を取ってやっている。彼はかかとのない妻に手術を受けさせようとしたらしい。再び夢や空想の「偽装」を混同して語るなら、誰一人知り合いのいない町の、年老いた小説家のもとへやってきた妻が、かかとがないために心細い生活を送っているのに胸を痛め、せめてプラスチック製の補強かかとをつけさせてやりたいと思いやったのだろうか。それはそれで切ない心配りというよりない。

何よりも死の直前に、彼は妻の枕元に札を五枚置いているのである。その五枚の札は、ぴったり錠前屋に扉を壊してもらう代金にあたる。階級に厳格なこの町で、ひっそりとイカとして生きてきたこの夫の人生もまた十分辛いものだったはずだ。

この結婚の意味を問うとすれば、私たちはこういい換えるべきかもしれない。夢のなかで「私」が夫のイカと象徴的に交わり、受精したものとは一体何だったのか――。

5

人間の女性が異類と結婚するというプロットを、多和田は芥川賞を受賞した『犬婿入り』(一九九二)でさらに掘り下げている。多摩川沿いの町で「キタムラ塾」を開く北村みつこのところに、唐突に「太郎」と名乗る男が現れ、慌ただしくみつこと交わったあと居ついてしまう。その交わりの際の彼のふるまいは、人間のオトコというより、どこか獣――それも犬を思わせる。

(……)男は、みつこのショートパンツを、袋から鞠を出すように、するりと脱がしてしまって、自分はワイシャツもズボンも身につけたまま、礼儀正しく、あおむけに倒れたみつこの上にからだを重ねて、犬歯をみつこの首の肌の薄そうなところに慎重に当てて、押しつけ、チュウチュウと音をたてて吸うと、みつこの顔は次第にあおざめてきて、それからしばらくすると、今度は急に赤くなって、額に、汗が吹きだし、ねばついてきて、膣に、つるんと滑り込んできた、何か植物的なしなやかさと無頓着さを兼ね備えたモノに、はっとして、あわてて逃れようとして、からだをくねらせると、男は、みつこのからだをひっくりかえして、両方の腿を、大きな手のひらで、難無く摑んで、高く持ち上げ、空中に浮いたようになった肛門を、ぺロンペロンと、舐め始めた。

じっさい、あとで男の妻が現れ、普通の会社員だった夫があるとき犬に襲われたのをきっかけに性格が一変し、「蒸発」したことを知るのだが、太郎はみつこの「からだのニオイを嗅ぐこと」が「唯一の趣味」となる。

もともとみつこは使用した鼻紙を再利用したり、ニワトリの糞で作った膏薬を貼っていたり、女子の前で平気で乳房を見せたり、汚穢や性的禁忌にあまり頓着しない野性的なふるまいによって子供たちからむしろ愛されていて、母親たちからは「放浪」者や「ヒッピー」、「テロリスト」といった噂を立てられていた。さらに太郎が現れるより前から、みつこは塾の子供たちに異類婚のフォークロア「犬婿入り」の話を聞かせていた。昔の王宮の姫の世話係の女が、姫の用便後の世話を面倒がって、姫のお気に入りの黒犬に尻を舐めさせたところ、その黒犬が姫を嫁にしてしまったという話である。

子供たちの母親への報告によると、その後日談には二通りあった。ひとつは黒犬と姫が森で生活するようになったが、猟師が黒犬をこっそり撃ち殺し姫を嫁にしてしまい、のちに事実を知った姫が猟師を撃ち殺してしまうという話。もうひとつは、黒犬とともに無人島に島流しになった姫が男子を産むが、黒犬が病気で死んでしまったあと、子孫を残すために息子と交わって子供をもうけたという話である。

前者は殺された夫である黒犬の仇討ちであり、後者は犬に由来する安産と子育て信仰につながる。夫への忠節と貞操、そして子孫繁栄という説話的ルールに一見沿っているように思えるのだが、肝心の異類との結婚という禁忌を犯した過ちは修正されない。

つまり北村みつこが子供たちに語った「犬婿入り」伝説は、姫が人間界に帰還することなく異類の世界へ逸脱してしまう物語なのである。

フォークロア「犬婿入り」の具現化のように、みつこと野犬を思わせる太郎は交わった。しかし、夫婦として添い遂げるわけではない。結果的に太郎は、みつこの塾に入ってきた変わり者の少女、扶希子の父親、松原利夫と旅に出ることになり、みつこ自身も「フキコヲツレテヨニゲシマス」と電報を残して姿をくらますのである。

このように『犬婿入り』は、フォークロアを換骨奪胎しつつ、徹底して人間界の性的規範からの脱出あるいは逸脱を描いているといっていい。

男と女という二項の性が、それぞれの一個体と他の性の一個体とで合体して「二」を形成し、次世代の「一」を産出する結婚とは、永遠に「一」と「二」が連鎖する呪縛である。それに対して多和田が決して「一」と「二」に定住せず、どこまでも「三」あるいは「多（他）」を志向しつづける作家であることは、すでに『三人関係』でも示されたとおりである。

そこから遡って『かかとを失くして』を再び眺めなおしてみれば、「私」とイカとの結婚とは、もはや異文化同士の困難な結合や融和に至る物語でも、それが頓挫し破綻する物語でもありえない。

かつて小説を書いていて、いまは白紙の帳面を三冊持ってやってきた「私」。そんな彼女を書類上の妻として迎えた老いた小説家の夫のイカとの、一見不可解で不毛な結婚――。それは人間界のモラルや性的規範からの脱出と、まさしく「異化」へつながる未来を体現しているというべきではないか――。だとすれば「私」が訪れたのは、たんなる地理的な異国ではなく、異化された人間界の辺境に他ならず、ヒトの慣習を超えた異類の領域との境界であるといわなければならないだろう。同時に「私」がこれから帳面に書くべき文章は、無邪気な異郷への冒険物語ではありえず、とどまることなく「多（他）」へとずれつづける言葉の「異化」の営為でなければならないであろう。

思えば一九八一年に登場した笙野頼子は、性の決定を現世の生きにくさの根源と受けとめ、壮絶な出自からの逃走を描いた。八五年にデビューした山田詠美は、国籍や人種を超えたエロティックな関係性の原理を探究しつづけた。そのあとに多和田葉子は、性や言語のみならず、クニやヒトをも相対化し、多様性の夢に向かって規範が溶解する思考実験を掲げて現れたのである。

夫の死体を見た「私」は、次のように述懐している。

誰かが引っ越していってしまった後のような、がらんとした灰色の部屋、その真ん中に、何か小さなものが横たわっていて私にはそれが何かすぐに分かったが、分かったことを頭の中で単語に翻訳しまいと頑張った。

彼女は夫から解放されたのではなく、このとき彼から受け継いだのだとはいえまいか。ヒトとクニの異郷に生きる「イカ」の小説家の宿命を、かかとのないまま永遠に旅をする人生を――。すでに耳から受精した黒い「イカ」のインクを体に宿した異類として、「私」は「新しい出発」をする。

「分かったことを頭の中で単語に翻訳しまいと頑張」る「私」のとっさの努力には、異国と母国の言葉に引き裂かれ、ヒトの世の規範に抗い、つまずきつづけるエトランゼの意志が生まれようとしているのだ。

付記

野口米次郎に関して、文中に挙げた星野文子氏の著書以外に、堀まどか氏の労作『「二重国籍」詩人　野口米次郎』（名古屋大学出版会、二〇一二）も参考にさせていただいた。記して感謝する。

第7章

くまと「わたし」の分際
――川上弘美『神様』

1

一九八〇年代後半にワープロが一気に普及したのに続いて、九〇年代はパーソナル・コンピューターが飛躍的に普及した。そんな「電脳時代」が文学にも到来した――。世にそう喧伝する意気込みで、一九九四年に第一回「パスカル短篇文学新人賞」は催された。それを受賞したのが、川上弘美の『神様』である。

この賞は、当時「パソコン通信」と呼ばれた有料会員間の通信ネット上で募集と選考が行われた新人賞で、わずか三回だけ実施された。短命で終わったのは、コンピュータ環境の日進月歩の発達によってインターネットが確立され、有料会員限定のパソコン通信がたちまち時代遅れとなったからだろう。また全応募作を選考委員が読んでネット上でコメントするという当初の選考過程が、多忙な選考委員の負担の限界をもともと超えていたからでもあろう。主催したのは朝日新聞系列のＡＳＡＨＩネットであり、このネットには筒井康隆や小林恭二など多くの作家が参加していることで知られていた。たとえば九一年から翌年にかけて、筒井が朝日新聞に連載した

『朝のガスパール』は、同ネットのBBSに書き込まれた投書を反映する仕組みになっていた。

選考委員にも筒井と小林が就き、他にはまったくコンピュータと縁遠い井上ひさしが、小説新潮新人賞の選考委員を筒井と長年一緒に務めてきた縁で加わった。筒井は前年の九月に「断筆宣言」をしたばかりで、そのころはASAHIネット上でのみ、日録「笑犬楼よりの眺望」をはじめ、わずかに作品発表を行っていた。

募集期間は前年九月一日から十月三十一日までの二ヵ月間、応募作品の枚数は四百字詰め原稿用紙換算二十枚までである。ASAHIネットに開設された「会議室」にアップロードすることが条件で、郵送による応募は一切受付けなかった。その点においては、のちのインターネット時代の文学賞を先取りしていたといえる。

最終選考に残った作品と審査の過程は、同年十月に刊行された中公文庫『パスカルへの道』に詳細に記録されている。それによれば『神様』に対して筒井は「九一点」、小林は「八五点」、井上は「九五点」をつけていた。

『神様』は、アパートの三つ隣の部屋に引っ越してきた「くま」に誘われて、「わたし」が近所の川原に散歩に行き、弁当を食べ昼寝をして帰ってきたという一日の話である。川でくまは魚を捕まえて土産の干物にする。別れ際にくまは「わたし」を抱擁し「熊の神様のお恵み」を祈ってくれる。眠る前に「わたし」は日記を書き、「悪くない一日だった」と結ぶ——。それだけの話である。

九四年四月十六日に有楽町マリオンの朝日ホールの観客の前で行われた最終選考会「パスカル文学フェスティバル」において、小林は「全作品を眺めて、一番安心して読める作品」と述べ、筒井は「まさか大作家、老大家の手すさびではあるまいか」との疑念を最初の選考の際にネットに書いていたことを明かした。三人のうちで最も高得点を与えた井上は、次のように述べている。

読んで気持ちよくなる、とてもいい話です。われわれ人間の世界でも、ひょっとしたらくまよりもっと離れた人たちが住み合っているのではないかと思わせたり、隣近所の切り離されたさまざまな生活を逆に浮かび上がらせるテーマ性があるんですね。のんきでユーモラスで童話っぽいのですが、その底には隣人とか、人間と動物の関係を摑まえ直すたいへんいい薬を含んでいると思いまして、いい評価点を与えました。

この井上の評は、今から読んでも深いところまで理解の届いた読み方である。

しかし意外なことに、『神様』は圧倒的な賞賛や驚きによって受賞をかちえたわけではない。二十枚までと制限した短編の新人賞だが、『神様』はおよそ半分の分量だった。三人とも素人離れした完成度を認めているものの、賞を決定する最終討論では、もう一つの候補作との競合となり、三人のうち筒井と小林は当初もう一方を推していた。しかし「受賞作として『神様』というのは、ものすごくインパクトがある」（筒井）、「本当に冴えた瞬間がこの作者に訪れたという感じ」（小林）、「どちらかと言うと『神様』です」（井上）といった発言を経て、『神様』の受賞が決定したのである。率直にいって、なんとなく議論の流れでそうなったような決まり方だ。

しかし、そんなぼんやりした摑みどころのなさが、『神様』らしかったといえる。

くまにさそわれて散歩に出る。川原に行くのである。歩いて二十分ほどのところにある川原である。春先に、鴫《しぎ》を見るために、行ったことはあったが、暑い季節にこうして弁当まで持っていくのは初めてである。散歩というよりハイキングといったほうがいいかもしれない。

受賞後に掲載された「GQ」誌上で、このような文章で始まる『神様』を初めて読んだときの、やわらかい、得体の知れないものを踏んだような、困惑の混じった感触は今も忘れられない。初めて読むタイプの小説なのに、何だか古くから馴染んだ言葉に接している懐かしさを感じさせる。

逆にいうと、新人のデビュー作らしくないのである。デビュー作なら当然まとっているはずの、これで世に出てやろうというぎらぎらした思い入れや気迫が、あっけないほどない。読者を驚かせるような技法的実験や、凝りに凝った文体の魔術が仕掛けられているわけではない。短編として鮮やかな結構が整っているわけでもない。筒井が主導したことでSF色の強い作品が集まることになったこの賞だけに、SF短編としてはたしかに他の候補作のほうが、それらしい切れ味があるのである。

「電脳時代」の到来を華やかに告げる文学賞から登場した『神様』だったが、この作品の不思議な新しさは少なくとも「電脳時代の文学」というべきものとは異なっている。SFともメルヘンとも純文学ともつかない、小説というより「のんきでユーモラスで童話っぽい」〝おはなし〟っぽい内容であるのに、「安心して読める」「読んで気持ちよくなる」と思わせる力とは、いったいどこから出現して、文学のいかなるエリアに属するのか――。いかに読み功者であったとしても、わずか十枚の小品を読んだだけの選考委員の三人に、その確信が持てなかったのは無理からぬことだろう。

しかし現在に至るまで、川上弘美の本質はそこから遠くに行かないまま、茫洋としているように思われる。いつのまにかふわりと現れて、川上弘美は「川上弘美」としかいえない特異な作家になっていたのである。

2

厳密にいえば『神様』は、この作家が最初に発表した小説ではない。商業的なメディアに掲載された小説としては、『神様』より十数年先んじて二作品が書かれていた。

川上弘美はお茶の水女子大学理学部生物学科に在籍中、ＳＦ研究会に所属し、部誌の「COSMOS」に小説を書いていた。卒業後、東京大学医科学研究所研究生となり、そのころ雑誌「NW-SF」の編集部に加わった。同誌は山野浩一が七〇年に創刊したラディカルなＳＦの専門誌で、年に一、二回発行し、Ｊ・Ｇ・バラードやフィリップ・Ｋ・ディック、スタニスワフ・レムなど、ＳＦのニューウェーヴを代表する作家を意欲的に翻訳紹介したが、八二年に十八号まで出して終刊した。

この雑誌の十五号（八〇年二月）に、川上は「小川項」名義で短編『累累』を発表しているのである。「COSMOS」からの転載であることが、同誌のあとがきに記されている。続けて「女性

ＳＦ特集」の十六号（同年九月）には、旧姓の「山田弘美」名義で短編『双翅目』を発表したばかりでなく、編集にも加わり「女は自ら女を語る」という座談会に参加している。さらに何作かの小説のタイトルイラストも「小川項」名義で描くという活躍ぶりである。また山野が顧問を務めていたサンリオＳＦ文庫の、フィリップ・Ｋ・ディックの『暗闇のスキャナー』（八〇年七月）に、やはり「山田弘美」名義で解説を執筆しているのだ。


「森は危険そうだわ」と女が言った。「いや、そんなことはないさ。あの森はごく小さなものだから」男は女の髪を触りながら答える。

「でもやっぱり危険よ」

「どうして危険なの？」

「見ればわかるわ」

女は心配そうに男を見やる。男は、窓のガラス越しに森を眺めているようだが、その目はどこにも焦点を合わせていないようでもある。男は女の髪を撫で続ける。


こんな文章から始まる『累累』は、半年前から「女」の部屋に小さな森を抜けて通っている「男」が、森で奇妙な「顔」に遭遇する話である。葉のあいだからのっぺりしたまるい顔が男を見つめている。ただ見ているだけだ。通るたびに顔はどんどん増え、男が以前に口にした言葉を唱和するようになる。男は通うのが恐ろしくなり、女との関係も破綻してしまう。無限に増殖した顔はとうとう森からはみ出て、男の部屋まで埋め尽くす。まとわる顔をステッキで打ちつづけた男は、最後に自分の頭を打って斃れる。そのあとも累々と続く顔の群は「モウ　タクサンダ」という声を響かせる――。

作中人物が「男」と「女」とだけ書かれた、きわめて概念的な書き方である。愛欲に溺れた男女と、その行動に耳目をそばだてる世間の監視を描いた寓意的な作品とも読めるし、森という潜在的な好奇心と恐怖の源を形象化した作品とも読める。当時の作者が好きだったというイタロ・カルヴィーノやドナルド・バーセルミにも通じる、「SF」の狭義の範疇を食みだした奇妙な味の短編といってしまえばそれまでだが、突きはなした冷徹な語り口は倉橋由美子を、人工的な翻訳調のセリフは当時新人だった村上春樹の味にも通じるものがある。

一方『双翅目』は、一つの塔を中心とした「町」から離れた一軒家で、寝たきりの老人を介護する「女」の話である。窓からは「汚染地域」の立札と金網が見え、大量の蠅が発生している。侵入者がいるという話を耳にしたある日、女は金網の内側にいる少年たちを見つける。太鼓を叩く少年が女の顔をじっと見つめる。太鼓の音が女の頭に響く。彼らは「巡礼」と自称し、汚染地区の「奥」へ姿を消した。町にも「巡礼」の一団が現れるが、緑の服の集団が彼らを町から追い出す。次に女は金網の中に巡礼の集団がいるのを見る。そして町の住人の少女が「奥」へ去っていくのを目撃する。緑の服の集団が町から巡礼の群れを駆逐し、金網に替えて灰色の塀を建てる。しかし最後に女は、「無駄だ」とばかり告げる老人を残して塀を越え、巡礼の群れに加わるために「奥」を目指す――。

掲載号の特集を意識して書かれたらしく、女や子供を抑圧する男根中心主義からの脱出というフェミニズム的主題が読みとれる作品である。「パラクリスタル」とか「擬結晶」などと書かれている「町」の構造が、擬制の象徴のように理尽くめに構想されているらしいわりには、説明の言葉が足りず分かりにくい。同じく情報は少ないものの簡潔にまとまった『累累』に比べると、やや意欲が余って空回りぎみの作品だ。

とはいえ大学卒業前後の若さにしては、二作ともしっかりと主題が練られ、文体の統率もとれている。新人の小説としては、一定のレベルに達しているといっていい。こうして若きサイエンティスト志望者でもあった彼女は、ごく少数のコアなSFファンの目に届く範囲ではあったものの、すでに新鋭作家として頭角を現していたのである。

思えばこの時期に、山尾悠子（一九五五年生）はすでに伝説的な若手作家として注目を集めていたし、新井素子（一九六〇年生）は七七年に高校二年生で第一回奇想天外SF新人賞の佳作を受賞したあと、集英社のコバルトシリーズを中心に作家活動を続けていた。神林長平（一九五三年生）は七九年に『狐と踊れ』で第五回ハヤカワ・SFコンテスト佳作を受賞し、同年九月号の「SFマガジン」に掲載されている。翌年の同賞を『一人で歩いていった猫』で佳作を受賞してデビューしたのは、大原まり子（一九五九年生）である。八〇年には日本SF大賞が創設されている。

村上龍、村上春樹、笙野頼子、高橋源一郎がデビューしたのと同じ時期に、SF文学界でも若い世代の新人が争うように輩出していたのである。「小川項」もしくは「山田弘美」もまた、そこに参入した新鋭の一人には違いなかった。

その意味では『神様』は、正確には〝再デビュー〟小説であった。たとえば「福田章二」名義で『喪失』で中央公論新人賞を受賞してデビューし、長い空白期を挟んだ十一年後に『赤頭巾ちゃん気をつけて』で再デビューした「庄司薫」の例が思い出される。

川上の場合、就職と結婚、出産と育児によって十数年の間隙が生じたわけだが、もしそのまま新鋭SF作家として書きつづけていたとしたら、今日の「川上弘美」がありえたかどうかは疑問だ。おそらく主婦、母親としての長い〝休眠〟期間が、「デビュー作」につきもののぎらぎらした夾雑物を洗い流し、あの『神様』の世間離れした、ほんわかとした文体を育てたのである。

3

今しがた私は「世間離れした」と書いた。それはたんに現実にはあり得ないファンタジーが書かれているからではない。『神様』に登場する「くま」と「わたし」は、明らかに「世間」から遊離している者同士である。

くまは、雄の成熟したくまで、だからとても大きい。三つ隣の305号室に、つい最近越してきた。ちかごろの引越しには珍しく、引越し蕎麦を同じ階の住人にふるまい、葉書を十枚ずつ渡してまわっていた。ずいぶんな気の遣いようだと思ったが、くまであるから、やはりいろいろとまわりに対する配慮が必要なのだろう。

ところでその蕎麦を受け取ったときの会話で、くまとわたしとは満更赤の他人というわけでもないことがわかったのである。

表札を見たくまが、

「もしや某町のご出身では」

と訊ねる。確かに、と答えると、以前くまがたいへん世話になった某君の叔父という人が町の役場助役であったという。その助役の名字がわたしのものと同じであり、たどってみると、どうやら助役はわたしの父のまたいとこに当たるらしいのである。あるか無しかわからぬような繋がりであるが、くまは大層感慨深げに「縁《えにし》」というような種類の言葉を駆使していろいろと述べた。どうも引越しの挨拶の仕方といい、この喋り方といい、昔気質のくまらしいのではあった。

「雄の成熟したくま」が近隣の人家に引越してくるというありえない設定が、「昔気質」でやけに「配慮」に富んだ、変わり者の男性との出会いのように平然と書かれる。何と呼びかければよいかという質問に、「貴方、が好きですが、ええ、漢字の貴方です、口に出すときに、ひらがなではなく漢字を思い浮かべてくだされはいいんですが」と答えた相手を、「どうもやはり少々大時代なくまである。大時代なうえに理屈を好むとみた」と「わたし」は評する。

「わたし」の評は、躊躇なく完全な〝人物〟評であり、それが設定の異様さを超えて、どこか懐かしく寂しげな「くま」の人格的な存在感をすばやく作りあげる。『くまのプーさん』のようなぬいぐるみ人形たちが擬人化されたメルヘンでは決してなく、もちろん山から迷い出た猛獣が人家に接近したというリアリズムでもない。現代社会にそぐわない旧時代の紳士然とした人物が社会の片隅でひっそりと暮らしているかのようなイメージによって、淡い親近感を湧きださせるのだ。それは「わたし」との「縁」のように「あるか無しかわからぬような」根拠の薄弱な、しかし痛切さを帯びた存在感として、なめらかに立ちあがるのである。

そのような存在の淡さ、薄弱さは、「わたし」にも共通している。一人称「わたし」によって語られているにもかかわらず、この作品では自身に関する情報がきわめて乏しい。男女の区別さえ曖昧である。一人称において男性が「私」と漢字表記され、女性が「わたし」と仮名書きされる習慣が見られるとはいえ、確定的とはいえない（ただし続編としてのちに書かれた『草上の昼食』では、「わたし」は明らかに女性語をしゃべっている）。

年齢も職業も分からない。ただ表札を見ただけで出身地が推察されるような苗字を持つ「わたし」は、かなりローカルな故郷から離れた市街地のアパートで暮らしているらしい。さらに、自宅に帰った「わたし」の叙述が同居者や家族の存在をまったく感じさせない点から、一人暮らしらしいと推察できるし、「引越し蕎麦を同じ階の住人にふるまい、葉書を十枚ずつ渡してまわっていた」「くま」の行動に「ずいぶんな気の遣いようだと思った」点からは、世の中の慣習に十分通じた社会人であることが想像できる。

何よりも、そんな「わたし」は目覚ましい特性や語るべき特徴とは無縁な、「305号室」の「三つ隣」の住人である。無機的な部屋番号――それも「三つ隣」と婉曲化され曖昧化された情報だけが、明記された「わたし」の属性であるとすれば、「わたし」もまた「くま」同様、世の中からひっそりと距離をおいた「あるか無しかわからぬような」存在といわなければならない。

そんな「わたし」と「くま」の散歩は、まもなく現実的な社会と遭遇する。川原に到着すると、たくさんの人が泳いだり釣りをしたりしていて、男性二人子供一人の三人連れが近寄ってくる。

どれも海水着をつけている。男の片方はサングラスをかけ、もう片方はシュノーケルを首からぶらさげていた。

「お父さん、くまだよ」

子供が大きな声で言った。

「そうだ、よくわかったな」

シュノーケルが答える。

「くまだよ」

「そうだ、くまだ」

「ねえねえくまだよ」

何回かこれが繰り返された。シュノーケルはわたしの表情をちらりとうかがったが、くまの顔を正面から見ようとはしない。サングラスの方は何も言わずにただ立っている。子供はくまの毛を引っ張ったり、蹴りつけたりしていたが、最後に「パーンチ」と叫んでくまの腹のあたりにこぶしをぶつけてから、走って行ってしまった。男二人はぶらぶらと後を追う。


「あるか無しかわからぬような」虚構の居心地よさが一気に破綻するかもしれない危機に逢着した点で、この場面はスリリングである。明らかに三人連れは、目の前にいるのがリアルな「くま」であることを認めた上で、好意的とはいいがたい好奇心から近づいてきた。横に人間の「わたし」がいるから危険はなさそうだと察しをつけながら様子を窺っている。敵意はないが、冷ややかな視線である。

「わたし」とくまとの友好的な雰囲気がぶち壊しになりかけたあと、危機を回収したのは、もちろん「まわりに対する配慮」を欠かさない「くま」の方である。


「いやはや」

しばらくしてからくまが言った。

「小さい人は邪気がないですなあ」

わたしは無言でいた。

「そりゃいろいろな人間がいますから。でも、子供さんはみんな無邪気ですよ」

そう言うと、わたしが答える前に急いで川のふちへ歩いていってしまった。


無言でいる「わたし」は、果たしてどう「答える」つもりだったのだろう。下手にとりなして三人連れを非難したり、安易に慰めるようなことを口にすれば、かえって「くま」を傷つける微妙さを感じとっている「わたし」もまた、「くま」に劣らず「配慮」の細やかな人である。だがそれ以上にこのとき、はっきりしたことがある。「わたし」という人間は、三人連れが属する人間社会よりも、友達も仲間も少なそうな「くま」にむしろ寄り添っているのである。広大な人間社会の片隅でひっそりと、名もなく一人で暮らす者同士の、いわば種を超えた連帯がここには芽生えているのだ。

若きサイエンティストの卵であり、期待される新鋭作家であった川上が、結婚し母となって十数年の時を過ごしたのちに、まったくスタイルの異なるこの作品を書くに至った経路が、ここからうっすらと浮かんでくる。

4

芥川賞を受賞後、「小説は、いつごろから書きはじめたのですか」という質問をしばしば受けた川上が、自らの執筆史を明かした「不明」というエッセイがある。まず大学時代に「クラブの部誌」に「生まれて初めて小説みたいなものを書いた」と紹介したあと、結婚後の生活のことを以下のように書いている。

次に小説みたいなものを書いたのは、夫の転勤で勤め（引用者注：雙葉学園の生物教師）をやめて暇になったときである。知らない土地の知らない場所に住んで、いちにち誰とも喋らず、あるとき朝から喋った言葉を試しに数えてみたら、スーパーマーケットのレジでおねえさんに言った「どうも」という言葉だけだった。びっくりして、まずは遠くにいる友人に手紙を何通か書いたが、返事がなかなか来ない。それではと、小説を書くことにした。

（「不明」『あるようなないような』）

しかし書いた作品を見せる相手がいない。まず居間の壁に貼ってみたが、読んでくれる訪問者がない。子供が生まれて人と話す機会はできたが、不器用で会話が成り立たないのでつまらなくなり、また書きはじめた。

居間の壁では誰も読んでくれないことがわかったので、今度は手書きのものをコピーして知り合いに郵送した。原稿用紙十枚ぶんほどのものを、一カ月に一回、数名の人に送ったのである。二名ほどの友人から「ありがとうございました」「がんばりましたね」という礼儀正しい葉書が来たが、それ以外の反応はなかった。何回か送りつづけたが、いつまで待っても最初の葉書以外の反応が来ないので、送らなくなった。（同）

しかしこの「コピー」について、しばらくのちに川上は、それが「同人誌」であったことを明かしているのだ。

「文藝」二〇〇三年秋季号の「特集　川上弘美」に掲載された「川上弘美全作品を語る」で、インタビュアーの榎本正樹に、川上は次のように語っている。

実は『椰子・椰子』がいちばん古い作品なんですよ。「神様」を書く七年ぐらい前、友達と一緒にやっていたコピー同人誌に書いたものが元になっています。コピー同人誌は不定期刊行ということもあってそのうちなくなってしまって、その後「恒信風」という俳句同人雑誌に書き継ぎました。連載は日記部分だけでしたが、それだけだと短いので、本にするにあたって春夏秋冬の短いお話を間にはさんだんです。「神様」は日記文体ですが、『椰子・椰子』を書くことで日記文体を発見したわけです。そういう意味で、『椰子・椰子』は私の原点です。

ここでようやく存在が認められた「コピー同人誌」については、さらに詳しい情報がある。一九九八年『椰子・椰子』が単行本になった際に巻末に添えられた、イラスト担当の山口マオとの「あとがきのような対談」での、次の発言である。

半分ぐらいかな、実際に見た夢をもとにしたのは。一九九〇年に、友人たちが始めた「Kinky Review」というコピー同人誌に何か書かないか、と誘われて連載したのが「椰子・椰子」のはじまりですね。ちょっと変わった雑誌で、詩人の井坂洋子さんが匿名で詩を書いたり、漫画家の根本敬さんが「村田さゆり」という偽名で変な文章を書いたり、というめちゃくちゃな（笑）。

井坂洋子は一九七九年に第一詩集『朝礼』で注目され、伊藤比呂美とともに八〇年代の女性詩のリーダーとしてすでに活躍していた。根本敬は八一年に「ガロ」からデビューし、下品と悪趣味で読者を圧倒するヘタウマ系漫画家として活躍しながら、このころ次第にエッセイにも活動を広げつつあった。そのような陣容によって出されていたこの雑誌（邦訳すれば「変態批評」）は、「コピー同人誌」とはいえ、実際にはすでに世に出た書き手たちによる匿名的なアングラ雑誌だったのであり、そこに川上は、彼らと同じく八〇年前後に頭角を現した若手作家の一人として連載小説を寄稿していたわけである。

それを踏まえたうえで、この「Kinky Review」から、あの無名時代の執筆体験のいきさつを明かしたエッセイ「不明」まで、逆に遡ってみると、ある意図的な隠匿――といって言葉が悪ければ――言い換えの意志が読み取れる。

すなわち「不明」を書いた川上は、八〇年のささやかとはいえ〝最初の〟デビューと、その延長で細々と得てきた活躍の場を、事実以上に卑小な出来事のように言い換えている、あるいは消去しているのだ。もちろん「不明」は芥川賞受賞後の文章であるから、無名時代の悪戦苦闘の痕跡をできる限り小さく見せようとするのは、作家として当然のプライドかもしれない。

しかし私は、意地悪い詮索によって彼女のデビューを一九八〇年に置きなおしたいわけではない。むしろ逆である。

『椰子・椰子』の冒頭は次のように始まる。

一月一日　曇

もぐらと一緒に写真をとる。もぐらの全身を見るのは初めてである。あんがい大きい。写真をとるために直立してもらう。小学校六年生くらいの背丈で、顔も、どことなく人間じみている。ただ、手に土を掘るための鋭い鉤《かぎ》がついていること、てのひらが漆黒であることが大きな違いである。

肩を組んで写真をとる。ものおぼえのいいもぐらで、すぐに人間の言葉を覚えてしまう。仲良く喋りながらも、もぐらの気に障りそうな言葉は使わないように注意する。たとえば「唯物史観」「石鹸シャンプー」「ガラスの破片」など。

九八年の出版時に整形された可能性はあるものの、『神様』の冒頭ときわめて近似したテイストである。この文体の「発見」が「原点」であるという川上の言葉は、誇張ではない。まさにここから「川上弘美」が始まっている。

『椰子・椰子』と『神様』をつなぐラインがもたらした「川上弘美」の誕生は、明らかに「小川項」「山田弘美」のデビューを断ち切って、まったく別の書き手に変貌したところから始まっている。その生まれ直しの契機が、『椰子・椰子』の日記文体の発見であったことを、川上は自覚しているのだ。

ふたたび「不明」に戻ってみよう。手書きの作品をコピーして友人に何度か郵送したが、期待したような反応が返ってこない。そこで市の主催する半年間の文章添削に参加したものの、毎回「何を言おうとしているのか不明」という返事をもらうばかりだった。

壁もだめで、友人相手もだめで、そのうえ不明で、でも書くということは面白い。面白くなければ書きつづけられない。結局、パソコン通信で応募した「パスカル短篇文学新人賞」で賞をいただき、それが縁で雑誌に短篇を載せるようになり、先日は芥川賞までいただいたが、今でも「壁だめ・友人だめ・不明」は強く心の底にある。

ふらふらよろよろと書きつづけてきて、不明のものが賞をいただいてしまった。そういうふうに思っている。

この述懐から浮かび上がるのは、小説を書く歓びにいったん目覚めながら読者に恵まれなかったという、無名時代の作家がひとしく通る孤独だけではない。また夫の転勤に従って見知らぬ土地で主婦生活を送った淋しさだけでもない。――自分がいったい何者なのか「不明」のまま、人間社会で「妻」や「母」「主婦」として生きている現実にどうしても適応しきれないまま「ふらふらよろよろ」と彷徨するように生きてきた姿である。

書き手である（ありたい）自分とは、むしろその空漠としたもどかしさから絞り出されている。小説を書くという習慣を持っていることが、周囲の大多数の人間たちと融和できない自分の特異さを自覚させるのではなく、人間社会のなかで自分という存在がいつまでも居場所を定められない匿名の「不明」性を背負っていることこそが、彼女に書くことを余儀なくさせているのだ。

そのように出現した書き手にとって、書くことは決して自己表現や、まして自己確立ではありえない。個としての独創性の自覚でも構築でもない。決して誰からも真実に値するようには分類されず名付けられない「不明」の、――「主婦」である自己からも、かつて新進気鋭の作家になりかけていた自己からも離脱した――新たなもう一人の「わたし」を、創造しなおさずにはいられない。

おそらくそれが「川上弘美」という作家を出現せしめたモチベーションなのである。

5

「パスカル短篇文学新人賞」受賞は、しかし必ずしも川上弘美を作家として華々しく世に出したわけではない。受賞作は中央公論社の男性雑誌「GQ」九四年七月号に掲載されたが、まもなく同誌は休刊となり、同社の女性誌「マリ・クレール」で続編が連載され短編集『神様』が世に出るのは、四年もたった九八年九月である。

そのあいだに、川上は「中央公論」誌の季刊別冊「中央公論文芸特集号」九四年冬季号に『物語が、始まる』を発表した。文芸誌に掲載されたという意味で、実質的にはこれが文壇デビュー作なのである。それを皮切りに『トカゲ』（九五年春季）、『婆』（同年夏季）、『墓を探す』（同年秋季）と、たて続けに発表したのち、翌年「文學界」三月号に発表した『蛇を踏む』で芥川賞を受賞した。

作家を志して以後、川上弘美が十数年かけて創りだした再スタート地点――主婦であり母親である現身とは別のもう一人の「わたし」を基盤とした世界が、こうして川上弘美の小説世界として、着々と確立されていったのだ。

三十代女性、単身、平凡な勤め、地味で物静かだが好奇心は強い――。これは離婚が増加し女性の晩婚化が始まっていた当時の、小説の読者となる女性層のマジョリティであり、同時代の女性作家、林真理子、笙野頼子、稲葉真弓、赤坂真理、多和田葉子たちの小説にも共通した女性像である。端的にいえば、時代が求めている主人公像に、川上弘美の創りだした「わたし」はうまく混じりこむことができたといえる。

その「わたし」の世界を、現実の日常そっくりなのに成立ちがまったく異なる異世界ととらえるなら、それもまた村上春樹が『世界の終りとハードボイルド・ワンダーランド』（八五）で森に囲まれた不思議な町を描いて以来、現代文学ではおなじみの舞台である。そのころ笙野頼子は

『レストレス・ドリーム』（九四）で壮大な夢世界の日常を舞台にしたし、村上龍は『五分後の世界』（同）で並行世界を描いた。小川洋子も『薬指の標本』（同）ののちには異世界構築の傾向を強めていく。若者のサブカルチャー界でも、『新世紀エヴァンゲリオン』（九五〜九六）を嚆矢として、内面的異世界はのちの「セカイ系」へと発展していく。

急速な経済発展で風景もライフスタイルも見違えるように変貌していった日本で、自分の安らげる居場所を見いだしにくくなった日本人の潜在的な故郷喪失と、現実を遮断したアジール願望がそこには濃く顕れている。

川上弘美の小説世界は、そんな時代の感性とみごとに共鳴して受け容れられたように見える。しかし、分かりやすく共感しやすいのに、川上の小説にはなにか本性が窺い知れない特異さが付きまとっている。たとえば川上が「恋愛小説」の名手などと簡単に呼ばれたり、また現代の民話として評されることに、どこか違和感を覚えるものの、なぜそう思えるのかは説明しにくい。川上の小説世界の「わたし」の「不明」さには、まだまだ不透明な核があるのだ。いったい彼女は何者で、どこからやってきたのだろうか。

短編集『神様』に収められた『夏休み』に、その核心に触れる部分がある。

知人の梨畑で働いている「わたし」は、畑に現れる白い毛の生えた「小さな生き物」と出会う。その中の引っ込み思案な一匹と親しくなる。しかし、やがて夏の終わりがやってくると、「行くね」「じゃあね」と言って静かに目を閉じ、一匹は見る間に梨の木の瘤になる。ついに彼らは名づけられず「生き物」や「一匹」のままである。『神様』でのくまとの出会いの延長のような内容だ。

この作品で、「わたし」について次のような記述がある。

このところ、夜になると何かがずれるようになったのである。何がずれるのか、時間がずれていくような気もしたし、空気がずれていくような気もしたし、音がずれていくような気もしたし、全部ひっくるめてずれていくのかもしれなかった。それで、昼間梨畑で働かせてもらうことにした。

そんな「わたし」が、不思議な白い「生き物」がすぐに消えてしまう存在だと知る。梨畑の持ち主の「原田さん」から「シーズンが終わると消えるんだよ」と聞いて激しく動揺した日の夜、ついに「わたし」は「抜けて」しまうのだ。

夜、激しいずれがやってきた。いつものような微妙なずれではなく、昼間原田さんのところで感じたような、ひどいずれだった。空気や地軸がずれる感じではなく、からだ全体がすっぽり抜けてしまうようなずれだった。
抜けて、からだの横に立ってしまった。

この場面は、川上弘美の物語における「わたし」の出自の一端を語っている。梨畑で働いている「わたし」が元の自己だとすると、「ずれ」て「すっぽり抜けて」出現したのは、もう一人の「わたし」だ。仮にそのもう一人の「わたし」が元に戻らないまま「不明」の存在としてさまよいつづけ、この世の片隅で暮らしているとすればどうなるか——。たとえば『神様』の「わたし」とは、そのような存在ではあるまいか。いや、『神様』に限らず、川上弘美の物語に登場するのはなべて、このような現身を「抜けてしま」った「不明」の「わたし」なのではあるまいか。

主婦であり母親である自己から、幽体離脱のように抜け出したもう一人の「わたし」が、この世の片隅でひっそりと仮の名を名乗って暮らしている。そんな「わたし」が、同じようにこの世で迷っている生き物、はかない「不明」な存在と出会い、心を通わせながらも、結局は互いの世界へ別れることになる——。顧みると川上弘美の物語とはおおむね、その原型のヴァリエーションなのである。

そんなもう一人の「わたし」が暮らす場所は、ありふれた古い団地アパートの302号室でもあるだろう。勤め先は平凡な「会社」でもあるだろう。もう一人の「わたし」は徐々に細部を補足され、社会化されていく。たとえば『物語が、始まる』の「私」は「山田ゆき子」を名乗り、週末に逢う恋人の本城がいる。『蛇を踏む』の「私」は「サナダヒワ子」であり、数珠屋の「カナカナ堂」で働いており、実家は静岡で父母ともに健在、弟も二人いる。

しかし、どんなに彼女たちに現実的な社会性が補足されたとしても、現から抜けだした「不明」の世界が出自である本質は変わらない。

かくまで強い「不明」の原点とは、どこにあるのだろうか。不発に終わった最初の作家生活、主婦である自己への違和感、見知らぬ土地での淋しい暮らし、といった我々がすでに知る環境だけが原点であるとは断定しにくい。

その原点は、もっと遡ったところにある。

川上弘美、旧姓山田弘美は、幼少帰国子女だった。東大教授も務めた生物科学者である父、山田晃弘のカリフォルニア大学デイヴィス校への研究留学に伴い、彼女は三歳から六歳までアメリカで暮らし、幼稚園と小学校に入っていた。エッセイ「Ｍｏｎｋｅｙ」によれば、小学校学齢期に満たない五歳なのに、親が「いんちきをして、一年早く入学した」結果、物心が付いたときに言葉のわからない異国で集団体験をすることになったのだ。

蒙古系の人間はクラスにただ一人で、彼女は「チャイニーズ」ときめつけられた。

自分の姿は自分では見えないから、わたしから見ればクラスはいちようである。ところがわたし以外から見れば、境目を持つ人間、すなわちわたし、が存在しているのである。

わたし一人のまわりに、ぐるりと境目が引かれていた。わたしは、その中で、一人。奇妙な感じだった。

（「境目」『あるようなないような』）

最初にしゃべった英語は、周りから囃された言葉を真似て口にした「Hiromi is a monkey」だったという。そのころ「緊張のあまり、わたしは毎日教室でおしっこを漏らすことにな」ったという。そして帰国後は、逆に日本語がよく分からなくて日本人からいじめられる日々が待っていた。

ともかくも、あのころあった「世界をまったく理解できない」という感じは、今でもまざまざとよみがえる。言葉を理解できない者は、世界を理解できないのである。世界は、言葉でかたちづくられているのであった。(中略)それならば、どうしていたのか。どうもできなかったのだ。どうもできず、ただ座って、まわりの風景を見ていた。見ていることしかできなかった。そのとき、風景に意味はいっさいなかった。どの風景も、あわあわと過ぎてゆくばかりだった。すべては茫漠としていた。

(「Ｍｏｎｋｅｙ」『あるようなないような』)

自らが「monkey」と呼ばれるエイリアンとして世界のただなかに置かれたという体験こそ、川上弘美の底にある出発点なのである。意味なく見ているしかなかった「あわあわと過ぎてゆく」この世界像こそが、くり返し彼女の現からもう一人の「わたし」が「抜けて」立ち返る「不明」の原像であり、本当の故郷ではないのか。

そう考えると、『神様』の見え方は、ガラリと変わってくる。

6

『神様』のくまは、北方から出てきて人の世界へやってきた異種の移住者であり、端的にいえばエイリアンである。名前も名乗らず「くま」とだけ呼ばれることを自ら望んでいる。にもかかわらず独学で人語を操れるようになっただけでなく、ひとかどの洒落者めいた礼儀作法まで身に付けている。

　わたしたちは、草の上に座って川を見ながら弁当を食べた。くまは、フランスパンのところどころに切れ目を入れてパテとラディッシュをはさんだもの、わたしは梅干し入りのおむすび、食後には各自オレンジを一個ずつ。ゆっくりと食べおわると、くまは、
「もしよろしければオレンジの皮をいただけますか」
と言い、受け取ると、わたしに背を向けて、いそいで皮を食べた。

　異種の文化に必死に適応してきたくまだが、本来の獣の習性を消し去ることはできない。それを恥じらいながら我慢できずに「わたし」の前で晒すくまのふるまいは、ここでは微笑ましく描かれているとも見える。しかし、そのわずかな齟齬が耐えがたい亀裂を潜めていることはたやすく予想できる。ここでの一見メルヘン的な和やかさとのどかさは、くまを許容してくれている「わたし」が相手であるゆえの、かりそめの調和であり、その背後にはくまの、おそらく「おしっこを漏らす」ほどの「緊張」が隠れているはずである。

　続編の『草上の昼食』になると、亀裂はグロテスクなまでに拡大している。くまは手に入れた中古車を運転して「北の方」へ里帰りしている。再度の昼食には、さらに凝った料理に加えて、「わたし」も知らない「バルバレスコ」というワインまで持参している。大変な勉強と努力の跡がうかがえる。人間の学校には入れないから「自己流で」学んだのだという。そんなくまに「難儀なことは多かろう」と同情する「わたし」は、くまの努力を称賛するよりは、痛ましい複雑な

思いで眺めている。

くまは「わたし」に別れを告げにやってきたのだ。故郷に帰って落ちつくのだという。

「結局馴染みきれなかったんでしょう」目を細めて、くまは答えた。

馴染んでいたように思っていたけど。言おうとしたが、言えなかった。ほんの少しなめたワインのせいだろうか、くまの息は荒いだけでなく熱くなっている。

わたしも馴染まないところがある。そう思ったが、それも言えなかった。かんたんに、くべられるものではないだろう。くまが手づかみで皿の上のいんげんをごっそりと取り、口に放りこんだ。もぐもぐ噛む。しっかりした音をたてて、くまはいんげんを噛みくだいた。じっと見ていると、くまははっと気づき、あわててのひらをタオルでぬぐった。

「失礼、つい手づかみで食べてしまいました。ぼんやりしていまして」

いいのに。いつもしているように食べればいいのに。

「どうもこのごろいけません。合わせられなくなってきて」

合わせることなんてないのに。

「そうでしょうか」

いわずにいることが、「わたし」にはたくさんある。だが、うしろ二つは「わたし」が抑えかねて口にしたことばである。このとき「わたし」は人間の立場から、適応しきれない獣のくまに同情しているのではない。人の世に「馴染めない」「合わせられな」い点で、くまは「わたし」

から鏡を見るように眺められている。「わたし」もまた、生きにくい人の世に必死に適応しようとして「馴染めない」まま、しかし「合わせることなんてない」まま、エイリアンのように生きてきたのだ。

別れのとき、『神様』ではくまが「わたし」に抱擁の許可を求める。そして「熊の神様のお恵みがあなたの上にも降り注ぎますように」と祝福するのだが、『草上の昼食』では落雷のなか、「わたし」を守って包んでいたくまが、身を離して直立して空に向かって大きく吠える。


くまは何回でも、腹の底から吠えた。こわい、とわたしは思った。かみなりも、くまも、こわかった。くまはわたしのいることをすっかり忘れたように、神々しいような様子で、獣の声をあげつづけた。


こうしてくまは名前も住所も持たない「獣」に還り、「熊の神」に近づく。エイリアンとして緊張と努力を重ねて生きる生活から、彼はようやく解放された。その記憶と心さえ、やがて彼から消え果てるだろう。

この別れの場面に、木霊《こだま》のように重なる小説的記憶がある。中島敦の『山月記』のラストシーンである。

高名な詩人になる野心が挫折して行方不明になった李徴は、翌年旧友の袁傪の旅先の山中で、異類の姿に成果てて現れる。不幸な運命を打明けたあと、李徴は後世に詩を伝えてもらおうと自作を朗誦する。最後に遺棄された妻子の保護を友に依頼してから、彼は「飢え凍えようとする妻子のことよりも、己の乏しい詩業の方を気にかけている様な男だから、こんな獣に身を堕《おと》すのだ」と自嘲する。そして訣別のあと、月に吠える虎の姿を袁傪に見せて山中へ姿を消す——。この『山月記』における李徴の獣の咆哮は、異類に堕ちざるをえなかった自らの宿業を悲嘆する声である。しかし『神様』を締めくくるくまの咆哮は、エイリアンとして人の世に生きることを断念した彼の無念の叫びであり、同時に獣に立ち返って生きなおす決意をこめた雄叫びでもある。

では、くまを寂しく送る「わたし」は、どうなのか。彼女もまたヒトとして生きていた自己から「抜けて」きた存在である。しかし「わたし」は、そのままこの世界に留まりつづけるのだ。ヒトの姿をした「異類」であるのは、むしろ「わたし」のほうである。

李徴が虎に変身したことについて、中島敦は中国説話の原典にはない理由を『山月記』で付け加えた。すなわち「臆病な自尊心と、尊大な羞恥心」のために、妻子への憐憫よりもおのれの詩業の大成を優先したという罪である。川村湊は中島敦の評伝『狼疾正伝』で、それをさらに作者の短い生涯につきまとった宿業のような「狼疾」に見出している。「中島敦にとっては、恋愛も結婚も、そして子供を持つといった経験も、すべてそうした『作家』としての〈狼疾〉にほかならなかった」としたうえで、川村は『山月記』を次のように解釈する。

これを中島敦自身の内面の告白と聞くことは、故のないことではない。少なくとも、敦はその短い生涯において「妻子」への愛情よりも、「文学」への執念という心のなかの「猛獣＝虎」に従って行動していたといわざるをえないからである。文学者（文壇）という「虎榜」に名を連ねること、女学校教諭という「賤吏」に甘んずることなく、大望を抱くこと。中島敦にも、十分に己れが「虎」となる要因は備わっていたのである。

（川村湊『狼疾正伝』河出書房新社、二〇〇九）

つまり虎に変じた李徴の物語を、作者自身の私的な告白と川村は受けとめるのである。芸術家たろうとする自意識は、平凡で穏やかな家庭の日常生活とは永遠に背馳《はいち》せざるをえない。中島本人もまた、そんな「狼疾」の亡者の一人である。袁傪は健全な生活者の側から、「狼疾」ゆえに獣となった友の悲劇を、証人として眺めるほかない。

では、獣に還るくまを眺める「わたし」はどうか。くまは「抜けて」きた天然自然に回帰するのだが、「わたし」は独りとり残されようとしている。『山月記』と逆なのではない。『山月記』を成りたたせている人の世と人外との明白な境界が、『神様』そして『草上の昼食』ではすでに消滅しているのだ。むしろその世界は最初から、人の分際から「抜けた」異類の世界として「あわあわと」風景を見せている。

『山月記』の世界観から見るならば、作家としての成功を得るために、家族や主婦の務めから「抜けて」作りだしたのが、川上弘美のもう一人の「わたし」である、と受けとれるかもしれない。その限りでは川上もまた「狼疾」の人であろう。しかし、それでは主婦の分際を脱走して作家になってきた近代の「女流作家」たちの後塵を、川上は拝するよりないことになる。

川上弘美の特異性とは、どれほど人の世に慣れ親しんでもたえず「抜けて」還ってしまうあのエイリアンの目に映る世界を、大人になったあとも、もう一つの世界として築くことを余儀なくされてきたところにある。それだけがこの世に「馴染めない」川上の、おそらく最善の適応の手段だったのである。

『神様』ではくまと別れたあと「わたし」は日記を書く。そして『草上の昼食』では、くまから届いた手紙に「わたし」は返事を書くが、宛先は空白だ。

「わたし」はこの世の片隅で日記と、宛先が空白の手紙を書きつづける。エイリアンとして世界に育ち、「不明」のものとして生きてきた彼女にとって、こうして書くことが分際となったのである。

7

『神様』でのデビューから十七年近くたった二〇一一年六月、東日本大震災と福島第一原発事故の直後に、『神様 2011』が発表された。ベースの叙述は同一ながら、随所で光景が異なっている。冒頭の川原までの道は「土壌の除染のために、ほとんどの水田は掘り返され」、「この暑いのに防護服に防塵マスク、腰まである長靴に身をかためている」作業者がいる。「あのこと」の「ゼロ地点」からずいぶん近い場所、とされているのだ。

川原で会う人間たちも、防護服をつけた「サングラス」と「長手袋」である。子供の姿はない。そうして末尾、くまと別れて帰宅したあとの「わたし」の行動は次のようだ。

部屋に戻って干し魚をくつ入れの上に飾り、シャワーを浴びて丁寧に体と髪をすすぎ、眠る前に少し日記を書き、最後に、いつものように総被曝線量を計算した。今日の推定外部被曝線量・30μSv、内部被曝線量・19μSv。年頭から今日までの推定累積外部被曝線量・2900μSv、推定累積内部被曝線量・1780μSv。熊の神とはどのようなものか、想像してみたが、見当がつかなかった。悪くない一日だった。

今では「震災後文学」として括られるようになった多くの作品のうち、これは最も早い時期に発表された。しかし、そのためになぜ、記念すべき自分のデビュー作を改作しなければならなかったのか。

「あとがき」で川上は、「ウランの神様」について書いている。

いったいぜんたい、ウランの神様は、こうやってわたしたち人間がウラン235たちを使役することを、どう感じているのだろうか。日々伝えられる、原発の「爆発的事象」や「危機的」ニュースを見聞きするたびに、わたしは思っていました。（中略）静かな怒りが、あの原発事故以来、去りません。むろんこの怒りは、最終的には自分自身に向かってくる怒りです。今の日本をつくってきたのは、ほかならぬ自分でもあるのですから。

この『神様 2011』の「わたし」は、もはや以前の「わたし」ではない。じつは、それが決定的な違いである。なぜなら「ウランの神様」を前にしたとき、否応なく「わたし」は「わたしたち人間」の一人としての責任を背負わざるをえないからである。「わたしたち人間」の目にもはや被災地の風景は、「あわあわと」過ぎるのではなく、はっきりと無慈悲に意味を突きつけている。かつてサイエンティストの卵であった川上にとって、とめどなく肥大化した科学技術のもたらした惨事の意味は明白だったはずだ。「ウランの神様」だけでなく「熊の神様」にも申しわけが立たないことを、「わたしたち人間」は仕出かしたのである。

川上の「自分自身に向かってくる怒り」がこれを書かせたのだとすれば、『神様　2011』とは、仕切りなおされたデビューであり、「わたし」の原点の刷新でなければならない。

新しい「川上弘美」が、そこから怒りの産声をあげているのだ。

第8章

はにかみパンク外道の生真面目
——町田康『くっすん大黒』

1

本書で取り上げた作家は、いずれも公募の新人文学賞を受賞してデビューしている。唯一の例外が町田康である。

町田のデビュー作『くっすん大黒』は、「文學界」の一九九六年七月号に掲載された。その前年に同誌の編集者から、小説を書かないかと勧められて書いたという。新人賞を受賞もしていない新人の小説がいきなり掲載されたのは、この書き手がすでにパンクロック歌手、詩人、俳優の町田町蔵として、一部では知られた存在だったからである。

私はそのころ共同通信で「文芸時評」を担当していた。町田が発表したこのデビュー小説はむろん読んでいたが、時評には取り上げていない。『供花《くうげ》』（九二）、『壊色《えじき》』（九三）の二著が刊行され、現代詩人からも高い関心と評価を得ていた町田が初の小説を発表したことは、たしかにホットなニュースではあった。しかし、彼がそのあと本格的に小説家となる予測は、この第一作では持ちにくかった。正直にいえば、他ジャンルで活躍中の意気盛んなマルチタレントがたまたま小説を書いた、という先入見を拭えなかったのである。じっさいこの頃は、詩人や劇作家など周縁他ジャンルの書き手が、クロス・オーバーして文芸誌に小説を発表することが多かった。そしてそのほとんどは、何度かの手慰みで終わっていたのが実情だったのだ。

今では記念すべき鮮烈なデビュー作ということになっているが、『くっすん大黒』発表直後の反響は、必ずしも好意的ではなかった。

もし未読の人に、この小説の内容をあらすじ風に伝えたとしたら、意外に地味で陰気な印象を抱かれるに違いない。

三年前に突然仕事を辞め、酒を飲んでぶらぶらしている「自分」が、部屋にある立たなくなった大黒像を忌々しく思い捨ててしまおうとするが、捨てる場所を見つけられない。大黒を携え友人菊池元吉の家に居候しながら、衣料品店でアルバイトをしたところ、変な店員の吉田と、もっと変な客チャアミイに悩まされて逃げだす。次には前衛アーチスト上田京一を描くビデオ作品のリポーター役を依頼されるが、これも散々な目に遭って中断してしまい、最後は「豆屋」になろうとする――。

そのころすでに顕在化しはじめていたニート、あるいは引きこもりの更生を描いているとも受けとれる話ではあるのだが、なにしろ、この冒頭である。

もう三日も飲んでいないのであって、実になんというかやれんよ。ホント。酒を飲ましやがらぬのだもの。ホイスキーやら焼酎やらでいいのだが。あきまへんの？　あきまへんの？　ほんまに？　一杯だけ。あきまへんの？　ええわい。飲ましていらんわい。飲ますな。飲ますなよ。そのかわり、ええか、おれは一生、Wヤングのギャグを言い続けてやる。君がとってもウイスキー。ジーンときちゃうわ。スコッチでいいから頂戴よ。どや。滑って転んでオオイタ県。おまえはアホモリ県。そんなことイワテ県。ええ加減にシガ県。どや。どや。松にツルゲーネフ。あれが金閣寺ドストエフスキー。ほんまやほんまやほんマヤコフスキー。どや。そろそろ堪忍して欲しいやろ。堪忍して欲しかったら分かったあるやろな。なに？　堪忍していらん？もっとゆうてみいてか？　毒性なおなごやで。あほんだら。どないしても飲まさん、ちゅうねんな。ほなしゃあないわ。寝たるさかい、布団敷きさらせ、あんけらそ。

ナンセンスなボヤキと駄洒落の連発のアクの強さが、強烈な自己主張と破壊力を帯びて読む者にいきなり襲いかかる。その驚きを痛快と感じる読者もいただろうが、通常の純文学に慣れきった読者ならたじろぎ、眉を顰める者も少なくなかったろう。ただでさえ関西弁および関西ネタは、首都中心の文化圏ではある種の攻撃性と破壊性を具えた異化効果を発揮する。それを十二分に自覚しているらしい作者は、おとなしい真面目な読者の常識をおちょくり、ふざけ倒しているかのようだ。

だが、このような「町田節」のえぐいスタイルは、すでに先行した町田町蔵作品で発揮されていたものだった。

三日間、飲みづめであって全員の吐く息は腐っている。甘ぇのは止そうじゃねえか。後口を考えれば白ワインがええんちゃう。相談まとまって三人連れは新宿は三越の地下食料品売り場の一角に設けられた、牡蠣の立ち食いスタンドに赴いた。三日間、飲みづめであって全員の懐中はエキストラライト。牡蠣料理を食うつもりなど毛頭これ無く、この近辺には乙に澄ました葡萄酒と料理の店もあるにはあるが、ただワインだけ飲みてぇんだ、こっちは。ということで立ち食いならそう固苦しいことも言いよらへんやろ、ちゅて「ワインおくれ」と注文するにはしたが、どないなってんねん、狆《ちん》のような顔の若い女店員は不審と疑惑のまなざしをむけるばかりでうんともすんとも吐《ぬ》かしやがらぬ。事情をよく聞いてみると牡蠣を食わねばワインは出せぬ、とおっしゃる。

（「オイスターバーのぼけ」『壊色』）

酒を飲んでいるばかりの懐中寒い男が、立ち食いの分際でお高く澄ました店から興ざめなルールを突きつけられて鼻白む。江戸弁と大阪弁を故意に混交した語りで、ねちねちと絡んで毒を吐いていく。『くっすん大黒』の冒頭とほとんど変わらない。

つまり『くっすん大黒』は、町田町蔵がもし「小説」を書けばこれくらいの暴れかたをするだろうという期待と予想の、みごとな成就に他ならなかった。同時に、もともと詩文と散文の区別が判然としない「町田節」が、そのまま「小説」に横滑りしただけではないかという疑念をも抱かせたのだ。

町田町蔵を知らない者にとっては、方言を利用したボヤキ漫談的な悪ふざけと見えるであろうし、知る者にとってはこれまでと地続きの延長と見える――。このような文脈のなかに出現した『くっすん大黒』の当初の受容が、すんなり行かなかったのは無理もない。

最も早い批評は、発表の翌月に「群像」に掲載された中野孝次、三枝和子、井口時男の三名による「創作合評」だった。三枝が作品紹介をしたあと、中野が口火を切り「語り口が本当に下品で、わざとらしくて、それが一つも成功してないんだな」と切って捨てた。それでも飽きたらず「こんなレベルの低いものを文芸誌が載せるということは大変なことですよ」と慨嘆しさえしている。

硬骨漢の老ドイツ文学者である中野にこの作品が受け容れがたいのは当然としても、そのあと文芸評論家の井口は次のように述べている。

これ、語り口しかない小説だろうと思うんですよ。（中略）しかし、そういう語り口はどこから出てきたかというと、基本的には中野さんがおっしゃったとおり、サブカルチャーですね。漫画であり、漫才であり、テレビ、映画、そういうサブカルチャーから導入してきた言葉が多過ぎますすね。

ほとんど罵倒に終始した中野に気を遣いながらも、「言葉の感覚はちょっとおもしろいものを持っている」といい添える井口のこの評は、『くっすん大黒』、いや、町田康の文学受容のひとつの典型といえる。つまり「サブカルチャーから導入してきた」語り口と、言語感覚の特異性を、ほとんどそれのみを、この作品・作家の特質とする見方である。

続いて『くっすん大黒』は第百十六回芥川賞の候補になったが、そこでの評価も散々だった。というより、まともに読まれなかったといっても過言ではない。選評で言及している選者は二人だけで、まず石原慎太郎は「饒舌《じょうぜつ》体の語りは面白いが、昨今都会に多い一種の精神的ホームレスといった人間像がいま一つ書き切れていない」とだけ述べ、もう一人の黒井千次は「今の世の中を考えればこの種のスラップスティックコメディーは豊かな可能性を孕んでいる」と理解を示しつつ、「前半と後半に分裂が見られ、意図の達成の阻まれた感がある」と指摘した。

ちなみに、このときの芥川賞の受賞は柳美里『家族シネマ』と、辻仁成『海峡の光』であった。同じロック・ミュージシャン出身とはいえ、ヒット曲「ZOO」を持つポップスター的な辻が、小説においても典型的な〝純文学〟的作品でまんまと受賞した一方で、一部のコアなファンからカリスマ視されてはいても音楽商品としては全く売れなかった町田が、小説でも選者からすんなり理解を得られなかったのは、今から思えば象徴的な対比である。

こうして『くっすん大黒』は、まずは戸惑いと顰蹙に囲まれながら出発したのである。

2

『くっすん大黒』から五ヵ月後に、第二作の『河原のアパラ』が「文學界」十二月号に掲載された。「おおブレネリ」を大声で歌っているところから始まり、フォーク並びのルールを守らぬ客に怒る「自分」が友人と勤めているうどん屋のウルトラ自分勝手な女に激怒し、ついに暴行して逃走する。次には友人の急死した仲間の後始末に奔走し、最後は河原で出鱈目な歌を歌って相棒と大笑いをする――。『くっすん大黒』以上に、黒井千次のいう「スラップスティックコメディー」の度合いがより増して、分かりやすくなった内容といえる。

それを含めた単行本『くっすん大黒』が翌九七年三月に刊行されるとほぼ同時に、三島賞候補となった。結果的にはまたしても落選したのだが、選評の書きぶりに微妙な変化が見られる。石原慎太郎、筒井康隆、青野聰、宮本輝、江藤淳の選考委員のうち、教え子が候補の一人となったために欠席した江藤を除いて、全員が言及しているのだ。芥川賞候補のときに比べると、小説家としての町田康がともあれ認められつつあることが窺える。ちなみに受賞は、樋口覚の評論『三絃の誘惑―近代日本精神史覚え書―』であった。

しかし同年九月にはBunkamuraドゥマゴ文学賞を受賞し、同年末に野間文芸新人賞を受賞する。それによって町田康は一人前の小説家として、ようやく認定されたことになる。

ドゥマゴ文学賞は単独の選者による選考であるが、選者の筒井康隆は三島賞の選考委員でもあった。彼は選評で次のように述べている。

この作品が芥川賞候補になった時には、軽い饒舌体イコール下品という短絡も含めてずいぶん無理解な選評が出たと記憶しています。饒舌体や会話の関西的な軽さは、文学的とされる表現からの意図的な遠ざかりであり、下品になるすれすれのところで辛うじて身を翻すところに、作者の美学がある一線でしっかりと守られていることを示しています。言うまでもなくこれは至難の業であり、この時小生はすでに当文学賞の選考委員を仰せつかっていましたから、前記芥川賞の選評に対する反撥もあり、これを越す作品が現れない限りはぜひともこの作品にドゥマゴ文学賞をと心に決めていました。（中略）そしてこの単行本は小生も選考委員を務めている三島賞の候補になりましたが、作者の「下降への意志」がより鮮明に表現されている「河原のアパラ」との併録によって、前回芥川賞の選考委員として「くっすん大黒」に否定的だった三島賞選考委員を兼ねている作家たち（引用者注：石原慎太郎と宮本輝）も、町田氏の力量を認め、比較的高い評価をあたえたようでした。勿論小生も小説作品としてはこれを推したのですが、この程度の芸であれば関西人ならできる人は多いという意見や、次作を待ちたいという意見が多くて受賞には到らず、小生もまた、何しろこのドゥマゴの「第二候補のない」第一候補に想定していたのと、「三島賞でなければならない」優れた評論の存在のために強くは推しませんでした。

いわば芥川・三島賞での相次ぐ無理解への抗議の意志で、また町田を真っ先に認めるのは自分でありたいという一種の独占欲から、筒井は内心で固く『くっすん大黒』の授賞を決めていたのである。同時に、九三年九月の「断筆宣言」以来この年の一月に執筆再開したばかりだった筒井の、これは文壇への絶好のデモンストレーションの機会でもあった。

このあとさらに「新潮」八月号で第三作『夫婦茶碗』が発表され、町田が小説家として本格的に一家を構えた印象は揺るぎないものとなった。『くっすん大黒』の初出から野間文芸新人賞の受賞までには、すでにこのような道のりがあった。町田の相次ぐ発表の甲斐もあり、いわばじわじわと、彼のデビューに認知が追いついてきたのである。

さて、野間文芸新人賞の選評を読むと、「足が地に着いた饒舌で、思わず共感の笑いを発するところがあった」と評した秋山駿や、「見事な話芸に接しているようで、近来、稀に見る文体だと思った」と評した三浦雅士を除くと、二人の関西出身者の支持の評が目を引く。まず柄谷行人は次のように述べている。

ヘタウマという言い方があるが、この人は実は文章を書く修練をつんでいる人ではないかと思った。特に「自分」という語りが面白い。（中略）しかし、私がここから連想するのは、むしろ志賀直哉の私小説である。もちろん、『くっすん大黒』は志賀直哉と対極的である。が、一つ似ているのは、「自分」という語りが、反省的に見えながらいっこう反省などしていないような語りだということである。この作品では、反省が一切ないような行動がもっともらしく反省的に語られているのだが、そのことのおかしさを示すのに「自分」という一人称ほど適切なものはない。

もう一人は、富岡多惠子である。

町田康さんの『くっすん大黒』は久しぶりに「小説」を楽しませてくれた。おそらく町田町蔵が詞（詩）と音楽で青い怒りをすでに宙に飛び散らしていたので、町田康さんの小説には最初から青くさい臭気が抜けているのかもしれない。それともオオサカ製のはにかみのゆえか。ともあれこの作者は「小説」に対しても、小説を「書く」ことにも、とても生真面目なひとのようなので、生真面目が続くかぎり小説はへたばらないだろう。

先ほどの筒井康隆も含めて、彼らが関西出身なので町田のことがよく理解できたといいたいのではない。逆にそれゆえに、関西弁の語り口の効果に惑わされることなく、町田の作品を「小説」として正面から見ることができているのである。とりわけ富岡は、町田町蔵の活動歴をも知ったうえで、「詞（詩）」に比べて「小説」には「青くさい臭気が抜けて」、「生真面目」さが出ている点を指摘している。

ちょっと下品なサブカルチャー伝来の特殊な語り口、という皮相な理解から、ようやく「生真面目」なほど真面目な「小説」として『くっすん大黒』は読まれるところまできたのである。

しかし、私たちが進まなければならないのは、ここから先である。風変りな文体だけでなく「小説」として、この作品には何が書かれていたのかが問われなければならないのだ。

3

『くっすん大黒』は一人称小説であるが、その人称は「私」でも「僕」でも「俺」でもなく、「自分」である。

それが小説の一人称としては、志賀直哉が用いて以来ほとんど見かけない特異な人称であることは柄谷行人も指摘したとおりだが、この「自分」とは何者なのか。

「自分はもともと、たいへんな美男であった」という彼は、「この三年というもの、毎日、酒を飲んでぶらぶらしていた」おかげで「顔が、酒ぶくれ水ぶくれに膨れ上がり、瞼が垂れ下がり、頬と顎のあたりには袋様に脂肪がつき」「まるであの大黒様のよう」になってしまったのだった。妻は「昨夜、ぷい、と家を出て行ったきり帰ってこない」。つまり冒頭の「あんけらそ」のボヤキは、いもしない妻に向かって宿酔のまま零している悲しい独白と知れる。

次いで彼の部屋に転がっている「五寸ばかりの金属製の大黒様」が話題に出てくる。むかつきの原因はこの大黒のせいだと、彼はいう。


なにしろこの腐れ大黒ときたらバランスが悪いのか、まったく自立しようとしないのだ。最初のうちは自分も、なにしろ大黒様といえば、福や徳の神様だし、ああ大変だ大黒様が倒れてなさる、といちいち起こしてさしあげていたが、何回起こしてやっても、いつの間にか小槌側に倒れていて、そのうえふざけたことに、倒れているのであるから当人も少しは焦ればいいものを、だらしなく横になったままにやにや笑っている、というありさまで、全体、君はやる気があるのかね、と問いただしたくなるような体たらくなのである。


この「実に不愉快きわまりないへらへらぶり」の大黒を、彼は「廃棄処分」しようと決意するのだが、なかなか捨てられず、友人の菊池元吉に託すよりない。容貌において大黒とそっくりになった彼は、その菊池から作品の最後で名字を茶化して「くっすん」と仇名をつけられているのだ。

こうなると大黒は、この語り手「自分」の自画像に他ならないことは明らかである。

さらにこの「自分」は、町田町蔵時代の作者を想像させる経歴を何度か示唆している。三年前に辞めた「自分」の仕事は、「愚にもつかぬたわごとをレコードに吹き込んだり、命じられるままにカメラの前で右往左往したり飛んだり跳ねたり」というものであり、その仕事は「世間にはまったく評価されなかった」という。八〇年代初期の日本のパンクロック・シーンにおける町田町蔵の存在は決して小さくないが、レコード産業の市場から見ればこの表現はまちがってはいない。

似非《えせ》アーチスト、上田京一の熱烈なファンであるディレクターの桜井から撮影の仕事を依頼された折には、「十余年前、映画に出演したことがある」と明かしている。その映画『ロボット同心』の内容は、「民衆を苦しめる悪徳商人、伊勢屋笑右衛門一味が、村にぶらり現れた超人的美青年剣士、村上新十郎らに、ことごとく誅せられ云々、という、ごくありふれた勧善懲悪の、SFタッチの時代劇」であり、「自分」は「笑右衛門のホモ行為の餌食となり、後、笑右衛門の悪事の証拠を盗む目的で屋敷に侵入したところ捕らえられ惨殺される、ヒロインの弟、佐吉、という役どころ」というのだが、これが町田町蔵の出演したSFパンクロック映画『爆裂都市BURST CITY』（石井聰亙監督、八二年公開）を揶揄的に踏まえていることは明らかである。

ちなみに公表されている唯一の町田の年譜、講談社文芸文庫『残響　中原中也の詩によせる言葉』巻末の「著者編」年譜を参照すると、一九八八年二十六歳の項に、次のような記述がある。

これより三年間、表だった活動を停止する。日々、図書館に通い、午後四時より飲酒し、テレビ時代劇を眺める無為の日々であった。後にこの日々を、『供花』所収の詩、「土中八年」にちなみ、「土中三年」と称す。

年譜ではその後二年分の記述はなく、九一年に「六月より山本政志監督の『熊楠』に出演するため約四ヵ月間、和歌山県田辺市に滞在するも、資金難により撮影中断」と記述されている。場所は若狭に変えられているものの、ちょうど著者のいう「土中三年」が明けた九一年に中断で終わった映画撮影体験を、『くっすん大黒』は上田京一のでたらめなフィルム撮影に振りまわされた騒動に置きかえて描いているとも受けとれる。

体験を踏まえた小説とうっかり思いこみかねないところだが、この「自分」には別の仕掛けがあるのだ。

大黒を歩道のプランターに捨てようとした「自分」を怪しんだ警察官が職務質問した際の対話によれば、彼の名前は「楠木正行」、「昭和三十二年一月十日生まれ」と明示される。昭和三十七年一月十五日生まれの町田より、五歳年上の設定である。

この「楠木正行」の「正行」を、「『まさゆき』か、ジョークで『まさつら』と読ませるのかもしれません」と指摘したのは、前述した「群像」の「創作合評」における三枝和子だった。楠木正行《まさつら》とは、後醍醐天皇に仕えて鎌倉幕府を倒し、さらに足利尊氏と戦って散った河内の武将、楠木正成の嫡男であり、正成が「大楠公」と呼ばれるのに対して「小楠公」と呼ばれる。「まさつら」と読むのを「ジョーク」と三枝が評したのは、彼ら父子が『太平記』以来ひろく民衆に愛されたヒーローであるだけでなく、近代の皇国史観において忠臣の鑑として教育されてきた存在だからである。

この楠木正成が足利尊氏のライバルとして活躍する『太平記』が、NHK大河ドラマとして一九九一年に放映されている（正成役は武田鉄矢）。息子の正行も登場する。八八年からの「土中三年」に「テレビ時代劇を眺める無為の日々」を過ごした町田がそれを見ていなかったとは考えられない。

たまたま見かけた時代劇から、軽い気持ちの「ジョーク」で名前を借りたと受けとるべきかもしれない。しかし楠木親子の名前は、町田の地元大阪の人間にとって、たんなる歴史上の有名な武将という以上の意味合いを持つ。公家でも武家でもない河内の田舎侍なのに、支配階級の圧倒的な大勢を相手に智略を練ったゲリラ的戦いを挑みつづけ、最後は湊川の戦いで散った正成と、十年余りのちに四条畷の戦いで父に倣って散った正行は、中央の権威権力への反発心や対抗意識を投影しやすい対象であり、たとえば薩摩人にとっての西郷隆盛のような、大阪人のソウル・ヒーローなのである。兵庫出身の三枝が「ジョーク」といったのは、大阪出身の町田がそんな大それた偉人の名前を用いるなんて、というニュアンスと受取るべきだろう。

とはいえ「大」ではなく「小」である。死を覚悟して湊川の決戦に向かう途上の桜井駅で、正成は供しようとする十一歳の嫡子、正行に訣別を告げる。「桜井の別れ」として唱歌にもなった場面だが、『太平記』で正成は次のように語る。


「……今度の合戦、天下の安否《あんぴ》と思ふ間、今生《こんじょう》にて汝が顔を見ん事、これを限りと思ふなり。正成《まさしげ》すでに討死すと聞きなば、天下は必ず将軍の代となるべしと、心得《こころう》べし。しかりと云へども、一旦《いったん》の身命《しんみょう》を助けんために、多年の忠烈《ちゅうれつ》を失ひて、降参不義の行跡《ふるまい》を致す事あるべからず。一族若党一人《いちにん》も死に残つてあらん程は、金剛山《こんごうせん》に引《ひ》き籠《こ》もり、敵寄せ来たらば、命を兵刃《へいじん》に堕《お》として、名を後代《こうだい》に遺《のこ》すべし。これを汝が孝行と思ふべし」と、涙を拭《のご》ひて申し含め、おのおの東西に別れにけり。その有様を見聞く人、猛《たけ》き軍士《もののふ》も、父子の心底《しんてい》を思ひやられて、鎧の袖をぞ濡らされける。

（兵藤裕己校注『太平記　三』岩波文庫、二〇一五）

「大」なるヒーローから訣別を告げられた「小」なる息子として、この名前が選ばれているとしたら、自立できないまま無為徒食の生活を続け大黒そっくりの容貌と化した「自分」には、ある意味ふさわしいかもしれない。

その正行が「自立」できない大黒を捨てようと決意するというストーリーは、自らの生活を一念発起して改め更生の道を探すという、一見モラリスティックな主題を匂わせる。

もちろん先の引用で柄谷行人も指摘していたように、「反省が一切ないような行動がもっともらしく反省的に語られている」ところが、この小説のおかしさではある。しかし「くっすん大黒」の「自分」は、自身の行動だけではなく、出会う人物の言動までいちいち鋭く批評し糾問せずにいられないのである。

たとえば正行がアルバイトに出かけた衣料店「紅津」の店員吉田に対して、彼は次のように論難する。

つまり、この吉田というおばはんは、自分が大忙しで客の応対に追われている間ずっと、客が買わないうちに気に入った服は自分が買ってしまおうと、在庫の服をとっかえひっかえ試着していたのだ。ひどいおばはんもあったものである。いったいこのおばはんは働く気があるのか。このおばはんがいくら給料をもらっているか知らぬが、今日雇われた自分以下ということはあるまい。一方は低賃金で重労働にあえぎ、一方は、へらへら歌ったり踊ったりして遊んでいるのである。なんという不公平であろうか。

もし正行がいいかげんな反省なき人間であるなら、吉田に倣って仕事を上手にサボり、ちゃっかり私利をせしめる方策を講じてもいいのである。そんな要領も発揮できず、昨日までの自分の体たらくは棚に上げて、正論の道徳観を振りまわして怒っている正行は、たしかにおかしい。しかし、このような彼のモラルへのこだわりは、逆に彼が一種強迫的なまでにモラルに執着する人間であることを窺わせる。

もともと大黒を捨てるために家を出たのも、家庭ゴミとして出そうとした際に近所の人間の咎める目を気にして出しそびれたことに起因している。してみればこの男は、「反省」を装いながら無反省を貫いているというよりは、いじましいほどモラルを常に気にしている人間なのであり、さらにいえば絶対的なモラルが見当たらないことに飢え、怯えている人間なのである。

そのモラルの発生源に楠木正成という偉大なる父の存在を置いてみるとき、父と訣別した卑小な子供としての「まさつら」の立ち位置が浮かびあがってくる。彼の歩行の描写に「よちよち」や「よろよろ」の表現が何度も出てくるのは、ラカン風にいえば掟の象徴たる「父の名」から切り離された息子であるがゆえにこそふさわしいのだ。

この小説は、むしろ不在のモラルに憑かれている。モラルを担うのにふさわしからざる者が、畏怖すべきモラルが不在なまま世間を放浪する物語なのである。

4

仕事を辞め、妻にも出奔されてしまった正行が、心を許して交流できる相手は、菊池元吉ただ一人である。もとは正行のファンとして自宅まで訪問してきた彼は、正行の実体を知ってもなお愛想を尽かすことなく訪問をつづけ、ついに分け隔てない友人にまでなったのだった。

この男は何者なのか。

菊池元吉は、岩手県出身の親から仕送りをもらっている大学生であるが、そのくせ、ちっとも大学に行かず、かといって遊んでいるわけでもなく、なんとなくぶらぶらしているという、まったくもって言語道断の人間の道理も道徳もわきまえぬふざけた野郎で、その生活ぶりは自分のそれと酷似しており、類は友を呼んで、日頃から親しく交際している、自分にとって数少ない友人である。

思えばこの小説は、正行と菊池元吉との「道理も道徳もわきまえぬふざけた野郎」コンビの小冒険談である。しかし菊池は、正行とは暮らし向きを異にする。メゾネット・タイプの部屋に住み、オーディオ・ラックや十二万円で買ったギターも所持している。親の仕送りのおかげでかなり余裕のある生活を謳歌している道楽息子なのだ。いよいよ暮らしに窮した正行が、彼のところへ転がりこむのも無理はない。

コンビでありながら「楠木正行」に比べると、菊池元吉の名は一見思い当たる人物もなく、ただの一般人のように見える。しかし「麹池《きくち》元吉」なら、ある人物が浮かびあがる。地味だが通好みの名人として落語ファンに愛された八代目三笑亭可楽（一八九八〜一九六四）の本名である。

麹池元吉は東京黒門町の経師職人の長男に生まれた。日光東照宮の襖の張替えも任される大経師の家である。ところが家業を継ぐ修業中に、橘家円喬の弟子（のちの五代目古今亭志ん生）と友人になり、寄席に入り浸りになってしまう。半プロ集団の天狗連にも加わり仕事を怠けるようになったため、父親は彼を見放して弟に跡を継がせた。一九一五年に初代三遊亭円右に弟子入りしたのを皮切りに、なぜか師匠と名前を次々と変えて、ようやく一九四六年に八代目三笑亭可楽を襲名した。得意とした「らくだ」「うどん屋」「二番煎じ」での酔漢の描写は他の噺家の追随を許さず、志ん生や文楽、円生、三木助などと共に昭和の落語の黄金時代を築いた一人と評される。

楠木正行が偉大な英雄の父から訣別を告げられた「小」なる子供だとしたら、菊池元吉は麹池元吉と同じく、親の期待に背いて「ぶらぶらしている」ばかりの親不孝者なのである。

たまたま同訓異字の人名を探し当てたのを奇貨として、無理矢理こじつけたわけではない。この『くっすん大黒』は、あちこちに落語の引用が隠されているのである。冒頭のモノローグがすでに小説よりも落語的であることはいうまでもない。それも上方と江戸がミックスされた落語調である。

たとえば正行がアルバイトに行った衣料店「紅津」は何と訓むか——。「あかづ」「べにづ」とも訓めようが、これを「こうづ」と訓んだ場合、有名な上方落語の「高津の富」がすぐさま思い当たる。似非金持ちの客がしけた宿屋にやってきて、千両箱を漬物石に使っているなどホラ話を披露するが、主人から高津神社の富くじを勧められると断り切れず、当たったら山分けするという約束までして、なけなしの一分で買ってしまう。ところがそれが一番くじの千両に大当たりし、宿の主人もろともに動転して大騒ぎするという噺である（江戸落語では湯島天神に置換えられ「宿屋の富」となっている）。

「紅津」にやってきた客「チャアミイ」の、上流の金持ちぶって外来語を巻き舌で連発する鼻持ちならない態度など、まさに「高津の富」の似非金持ちの客の姿と通じていることは疑いない。

また小説の末尾、忽然と「豆屋になろうと考えた」正行が「豆屋でござい。わたしは豆屋ですよ」と大声で叫ぶシーンで終わっているのはなぜか——。豆屋とはまた珍妙な職業だと首を傾げたくなる幕切れであるが、この出典がまた古典落語の「豆や」なのである。

空豆売りの「豆や」が乱暴な客に脅され、一升二十銭のところを二銭で巻き上げられる。次の客はもっと恐ろしげだったので思わず二銭と返事したところ、そればっかりのはした銭で豆を買ったと言われちゃあ仲間内に顔出しできねぇと啖呵を切られ、逆に五十銭にまで引き上げさせられるばかりか、枡の中の豆をどんどん減らされ、ついに枡を逆さまにさせられる。豆はもうなくなったというと「それでいい、どうせ買わねぇんだ」とからかわれて終わる噺である。冒頭はまず様々な行商人の売り声の声音で笑わせ、いよいよ豆やが登場すると「えー、豆やですよ、豆やでござい」の売り声となる。十代目桂文治の十八番として知られるが、さしずめ正行の最後のセリフは、この声色のようである。

英雄の父を持った息子の名の男と、父親の期待を裏切った親不孝者の落語家の本名にちなんだ名をもつ男とが、相棒となって彷徨する。彼らは自堕落な「なんとなくぶらぶらしている」生活を立てなおそうとしているようであるが、結局のところ、心がけは何も変わらない与太郎同士のまま、落語の声色で終わることになるのである。

二人の前に現れる吉田やチャアミイ、桜井や上田京一は、いずれも彼ら以上の変人、痴れ者、ニセモノだ。モラルへの強迫に憑かれたこの小説で、彼らは呆れられ、茶化され、憤慨され、憐れまれはするが、最終的に断罪はされない。

たとえばもっとも人騒がせな似非アーチストの上田京一について、プロフィールを知った当初は、「主な作品」が「磔刑のタコ」「タコ異化」というのに当惑し、続いて写真を目にし、「なんだ、これ当人が蛸じゃん」「そうなんだよ、当人が蛸なんだよ」「なに考えてんだよ」「わかんねぇよ」「げらげらげら」「げらげらげら」と会話を交わしていた二人だったが、撮影がとんだ騒ぎとなって中断し、無聊をかこちながらさまよい出た汚い砂浜で、汚水の溜まりを泳ぐ亀を八匹捕え、焚火に入れて殺戮したところへ上田本人が現れる。菊池がギャラの残り半分を要求し、実際は五万円のところ八万円を騙し取ったあと、次のような会話となる。

上田が引き返していくのを見送って、自分は菊池にいった。「おまえ、なかなかやるなあ」「まあね」「しかし、あいつあっさり払ったな」「まあね。でもあいつ、写真と顔が全然違うね」「あの写真は別人だろう」「そうだね」「あいつも大黒のクチだな」「でも頑張るね、彼は」「頑張りすぎだよ」「そうだとも」と、菊池は声色でいった。

似非アーチストと軽蔑していた上田を、むしろ頑張る「大黒」の仲間と認めているかのごとき結末である。つまり誰一人無罪ではなく、無垢でもありえず、ひとしく愚かな阿呆の与太郎ばかりである。それを笑いにくるんで可能にしているのが、落語というツールなのだ。

落語とは、愚者も乱暴者も粗忽者も、ひとしなみに笑って赦す世界である。あるいは賢者も英雄も成功者も、すべてを滑稽な存在に変えることで凡常の人の世らしさ、ヒューマニティを具現する世界である。

偉大な父を失った絶対的なモラルの欠損を、この小説は作中人物の全員を卑小な滑稽な存在にしてしまい、落語的なドタバタ劇、面白ければすべて良しの器に移しかえて語り落すのだ。

しかしもちろん、それだけでは終わらない。

5

全員がニセモノ、エセ、「ふざけた野郎」になってしまうこの小説で、卑小な人間たちの彼方に、なにやら超越的な存在の気配が出現する場面がある。その正体がはっきり語られているわけでも、姿が目に見えるわけでもない。ただ、その気配が濃厚に感じとれるように描かれているのである。

まず初めは、正行が菊池と駅で待ち合わせ、菊池の家へ歩いて向かう途上のこと。やけに詳しく描かれた奇妙な「公園」がある。

坂道を十分ほど上っていき、道なりに右に曲がると、突然視界が開けて、舗装が切れ、五、六坪の平らなところに出た。先は切り崩した急斜面になっていて、それ以上行けぬので、来た道を引き返すと、来るときには気がつかなかったが、最後のカーブの左手、木立と木立の間に、道のごときがあるのである。また、奇妙なことに、道の始まりのところに、直径15センチくらいの、半ば朽ちた自然木が、まるで、ここに立ち入るな、という具合に置いてある。

その先には「まるで墓地のように陰気」な「荒れ放題に荒れ果てた公園」があった。正行は復員服姿の鉈《なた》を振りかざした男が、公園で憩っていた母子たちを惨殺したあと自ら杉の木の枝に縊《くび》れてしまう、という妄想ドラマを頭に描いたあと、こんな会話を交わす。

自分は菊池に訊いた。「おまえ、この公園知ってたか」「いや、知らなかった」「なんだか気味悪くねぇか」「悪いね」ほら、菊池のごときも気色悪いのである。菊池は言った。「あのさあ、さっきの大黒、ここに捨ててってもいいかなあ」「やめろ馬鹿」「なんで、いいじゃん、あそこにほら、お地蔵もあるし」と指さすところを見ると、地蔵が六体並んでいる。公園に地蔵があるなんておかしいじゃないですか。変じゃないですか。「早く行こう」って、自分は菊池を促して公園を後にしたのである。

ここがただのさびれた公園ではないことは明らかだ。住人の生活空間から外れた、「まるで、ここに立ち入るな、という具合」の、結界めいた場所である。なにより六地蔵まである。六地蔵とは、人が死後に転生する地獄・餓鬼・畜生・修羅・人間・天上の六道において衆生を救済する地蔵菩薩の分身であり、墓地の入り口に祀られていることが多い。まさにそこは正行が想像したような、死者の霊を弔った悲劇の跡地かもしれないし、古墳も含めた古い墓地かもしれない。少なくとも古えから結界が巡らされている霊場、あるいは聖域のような場所ではないのか、と受けとれる書きぶりである。

小説のストーリーにとって無意味な寄り道というしかないこんな場所に、わざわざ二人が足を踏み入れて、まじまじと眺めてしまうのはなぜか。ここに立ち寄ることが、なぜこの小説に必要なのだろうか――。

もう一つは、二人が上田京一と会う直前、やはり一見無意味にさすらう浜辺の場面に現れている。することもなくなったホテルを飛びだし、喫茶店でうどんを食べながら窓の外の海を見ているときに、正行はそれを見つける。

窓から外を見ると海。右手に岬があって、突端に赤い鳥居がちょぼちょぼっと見える。「おい、ちょっとあの岬まで行ってみるか」「そうしますか」って、代金を支払って浜におり、岬を目指してよちよち歩き始めたのである。

海に突き出た地の果ての神社は、あの六地蔵が祀られている公園と同じく、神聖なる場所である。しかし砂浜には行く手を遮るように「表面に鋭い刺がびっしり」の「固い草」が生え、「ほうぼうにはヘドロが積んであり、ごみが散乱していたり」する。そこを「よろよろ」歩く正行は、「落ちていた白い流木を拾って杖に」する。彼が手にした「白い流木」が、あの公園の入口に「まるで、ここに立ち入るな、という具合に置いてあ」った「半ば朽ちた自然木」に通じる呪術的アイテムであることも見落とせない。それを杖に持った彼は、にわかに大黒そっくりの姿となり、あとから菊池に大黒にそっくりと笑われ「くっすん大黒」の異名を付けられることになる。だが行く手にはさらに、汚水を出す大きな穴と濁った流れが現れる。汚れた流れには「有毒・有害物質」がいっぱい含まれていると正行は推察している。

つまり無気味なもの、あるいは彼方の存在として出現する神仙的な領域に対して、汚濁のかたまりというべき人間界がある。遠くはるかな赤い鳥居まで、汚れた「有毒・有害」なものにまみれた現世を、彼らは「よちよち」「よろよろ」歩いて近づくしかない。その汚れた茶色い流れのただなかに姿を現すのが、亀なのである。

亀とは本来神聖な生き物であり、鶴とともに長寿や繁栄の神仙的象徴であったはずである。にもかかわらず、ここにいる亀たちは嘆かわしい環境から抜けだすこともできず、汚濁のなかで安穏と日々を送っているのである。そう考えれば、やはり本来神仙に属する存在でありながら自立できなくなった大黒と通じるものがある。だから正行が捕獲した八匹の亀を懲らしめようとしたのは大黒を捨てようとする行動の延長として理解できるし、八匹の亀とは、彼も含めてこの小説に呼び名の出ている人物たち——正行と菊池、吉田とチャアミイ、桜井と椚沢、そして上田と中川の八人と考えるべきだろう。

しかし、このあと正行がおこなった亀の殺戮は、あまりにも行きすぎた愚かな行為である。捕獲してドラム缶に入れた八匹もの亀を、彼は焚火にくべてしまうのだ。

ところが亀は、さっきは逃亡を企てたくせに、今度は、捕らえられたときのように、首と手足を縮こめるばかりで、なんら積極的な行動に出ようとせず、結果、熱せられた亀の肉は甲羅の中で膨張して、次々と威勢よく、ぽんぽん爆発したのである。

このとき正行は、本来の神仙としてのありようを忘れ果てた亀たちを、容赦なく厳罰に処す峻厳な神のごときふるまいをしている。それは大黒を捨てるという行為の延長であったはずなのだが、杖を手にしてからの彼はにわか大黒の姿と化し、あたかも超越的な裁きを自ら下すようにふるまってしまったのだ。そして殺戮のあと我に返った彼は、「ああ、亀を爆発させてしまった。こんなことをしているから自分は駄目なんだな」とうなだれるのである。

これは彼が示したほとんど唯一の真摯な「反省」である。上田本人が姿を現すのは、その直後であり、先述したように、そのとき上田は正行も同類の「大黒のクチ」と認められるのだ。明らかにこの亀殺しの愚行が契機となって、上田への評価は一変している。

超越的な神聖なるもの、絶対的な存在は、ついに手の届かない彼方にあり、それと対置してみればどんなに特別な存在とうぬぼれた人間も、決してそこに到達できない〝自立できない大黒〟の群れの一人にすぎない――。そのことを正行は悟ったのだといっていい。

このような神仙的な、超越的な領域の存在と、弱く卑俗な人間との絶対的な距離は、町田康のその後の作品でくりかえし描かれることになる。

たとえば谷崎潤一郎賞を受賞した代表作『告白』が、ただちに例として挙げられる。「河内十人斬り」として河内音頭にも歌われた実際起きた事件を基に、河内水分村の極道者、城戸熊太郎の生涯を描いた長編である。抽象的な物思いについ耽る癖がある熊太郎は、それを日常の言葉で村人に伝えることができないジレンマにとらわれている。また本当は腕力も弱いのに、奇知・奇略で強い相手に何度も勝ってきた自分を「大楠公の再来」などと豪語していることへの気弱な怯えもある。心と言語の乖離という屈折を背負った極道者というキャラクターを、この作品で町田は創りあげた。

そんな熊太郎は若いころ、神を殺してしまったのである。村の相撲の場にやってきた生意気な小鬼を投げ飛ばし腕を折ってしまった彼は、やがて峠を越えた奈良葛城の一言主《ひとことぬし》神社の脇を通った際に、小鬼とその兄に出くわして復讐を受けることになる。

まず「一言主」に触れなければならない。

そもそも一言主という神様からして不気味な神様で、顔が醜くて、悪事も一言、善事も一言で言い放つ、言離《ことさか》の神である。この世のすべてのことを一言で言い放つ。善いことも一言で言う。悪いことも一言で言う。言離というのはなんのことか分からぬが言葉で物事を離つ、世の中のすべてのことをばらばらで単純な言葉に分解してしまうようなイメージがある。突然現れてすべての問題を一言で解決してしまう。

すでに言葉と心の乖離に悩む熊太郎と、一言主の神とは、恐ろしいほど対極である。いいかえれば彼にとって一言主の神とは、自分からもっとも遠い超越的な存在なのである。その一言主の神域で、熊太郎はこの世のものと思えぬ不気味な容姿の「兄」に捕まる。彼は熊太郎を大きな石に覆われた「古の貴い人の御陵」だという石室の内部へ連れていく。そして小鬼は自分たちが「天皇さんとも親戚付き合いしてる」葛木神の子孫であり、自分の名は葛木モヘア、兄は葛木ドールだと名乗る。弟が見張りに外へ出たあいだに、襲いかかってきた葛木ドールに抵抗したところ、あっけなく相手は倒れてしまう。恐怖が募った熊太郎は、ますます激しく相手を破壊し、副葬品の管玉を奪って逃亡する。そして村へ帰った彼は、「以前の自分と決定的に違ってしまっているのを感じ」るのだ。

この神殺しの呪いが、熊太郎の生涯を決定した。彼が積年の恨みを晴らす殺戮の場面には、臼のような幻影が視野を飛び交うことになる。

大和と河内にまたがる葛城山と金剛山の地域は、古代から神話と伝説に富んだ場所である。たとえば葛城山で修行し鬼神を動かす呪力を得た役小角《えんのおづの》が、一言主の神と争った話が『日本霊異記』に記載されている。金剛山麓の千早赤阪村生まれの楠木正成もまた、いってみればその神話伝説の延長の人物といえよう。

町田の生まれ故郷の大阪府堺市は、奈良県の飛鳥地方と東西一直線につながる場所である。それは事実、古代の重要な交易街道であり、飛鳥から堺にかけておびただしい遺跡や古墳、神社がこの線上に散在している。町田の文学の基盤には、この地域にまつわる古代の神々、鬼神や呪者たちが根付いているのである。たとえば一言主は短編『一言主の神』に描かれ、役小角は『人間小唄』にも出てくる。『宿屋めぐり』もまた、「主」の命で太刀奉納の旅に出たものの、神の悪意で罪を着せられ弄ばれる鋤名彦名の、神との戦いの物語だった。

デビュー作『くっすん大黒』には、この神と人間との絶対的な距離、それゆえの不毛に終わる挑戦のモチーフが、すでに萌芽しているといわなければならない。正行はついに岬の赤い鳥居には行き着けない。大黒は菊池に引き継がれるが、捨てることに成功したわけではない。誰もが人間界の汚れにまみれ、自立できない「大黒のクチ」であることを宣告されて終わるのである。

このときすでに、神は見えない。光明は見出されず、罪は救われず、絶対者には近づくこともできない。いわばあらかじめ掟の神が死滅して不在となった地点から、この作家は出発していたのである。にもかかわらず神の境地を激しく希求し、かつ憎み、破壊さえしようとすること――。たとえ相手が天下を統べる将軍といえども「降参不義の行跡を致す事あるべからず」という遺訓を継いだ嫡子正行にも似た無謀な戦いが、町田の原点であったといわなければならない。

そのような生き方を、いったいどう呼ぶべきだろうか。神が死んだあとの汚濁の世で、へらへら笑いながらNOと叫びつづける外道の生き方、といえばよいか――。

それを一言で言い示す言葉を、だが町田はすでに用意していた。

「パンク」である。

6

パンク・ロック出身というが、町田は小説家になってからも「パンク歌手」と名乗ることにこだわった。それはたんにパンク歌手として手にしたカリスマ的な栄光に執着しているからではあるまい。おそらくはその「パンク」の精神が、のちの活動の不動の基盤になっているからである。
町田は高校生の十六歳のときに、「セックス・ピストルズを中心とするパンク・ロックのムーブメント」の影響を受けてバンド「腐れおめこ」を結成。七九年初めに「INU」となった。「作家の読書道」のインタビューによれば、バンドを結成したきっかけについて町田は、「それまでのバンドの技術は高かったけれど、パンク・ロックは下手だったんです」と述べている。さらに詞を書きはじめ、町田町蔵やINUを名乗った当時について、次のように語っている。

でも、詩を書いている奴なんかをバカにしていました。そんなことを書いてもしょうがない、と思っていたのです。自分は完成度が高いものをめざしたりせず、思ったことをそのまま書いていました。ただ、思ったことをそのまま文字にするためのルートというのは必要です。それまで読んできたものが、そのルートの開拓に役立ったとは思います。（中略）パンクというのは自己否定的で、空中に放棄してしまうようなところがある。普通に自分に拘泥すれば、グループの名前や芸名はこだわりを持ってつけると思うんですけれど、〝自分が好き〟ということがカッコわるい、というのがパンクなんです。だからあえてカッコ悪い名前をさらりとつけたりするんです。

（『作家の読書道2』本の雑誌社、二〇〇七）

町田もいうように、パンクはイギリスのバンド、セックス・ピストルズが世界的に人気を博して広がったジャンルであるが、その流行は六〇年代から七〇年代初めにかけて隆盛を極めたロック音楽の行き詰まりと入れかわったものだった。レコード販売と興行中心の巨大産業と化したロックは、音楽的には高度に進化したものの、すでにかつてのウッドストック・コンサートのような熱狂も精神的な絆も喪失していたのである。アンチ技巧、アンチ芸術性から出発したパンクは、肥大化して停滞したロックに原初の爆発的なパワーと反逆精神を回復する出直しのムーブメントであったといえる。

既成の文学性や技術的な完成度を拒絶する自己否定的なパンクの理念は、十代の町田に深く根づいたようだ。町田町蔵がパンク歌手として特異だったのは、その初動のパンク理念の純粋にして強烈な否定と破壊の精神が、歌詞の言語表現においても徹底していたことである。いわば彼は、パンクの過激な原理主義者だったのである。彼の存在は、演奏形式はパンクでも歌詞はつまらないラブソングや自己主張が多かった同時代のパンク・バンドのなかで、ひときわ異色だった。

当時の東京では七八年から六本木の貸しスタジオ「S-KEN」で「東京ロッカーズ」と称したライブが定期的に行われていたが、そのうちフリクションやLIZARDなど主なバンドが、七八年暮れに関西ツアーをおこなった。彼らのサウンドは「パンク」というよりテクノ・ポップにつながるニューウェイヴ系だった。たとえばフリクションが八〇年に出したファースト・アルバム『軋轢』は、YMOをすでに結成していた坂本龍一のプロデュースである。そんな東京ロッカーズの関西公演に対抗して、七九年三月にINUを中心にウルトラビデなど関西のパンク・バンドたちが「関西NO WAVE」を名乗って東京公演を敢行した。いわばパンク原理主義者の殴り込みである。その際の渋谷アーケード街、パチンコ屋三階のライブハウス「屋根裏」でのINUのライブは、のちにLPとして発売された『牛若丸なめとったらどついたるぞ!』で聴くことができる。「ガセネタ」と題した曲で、町田はトーキング・ヴォーカルで、「東京ロッカーズなんかおもろない」だの「俺はお前らを楽しますためにわざわざ大阪から来たんちゃうんじゃ」だの「おい、ハードロック、ハードロック、消えろ、ハードロック消えろ、阿呆! 金のためにハードロックバンド入る? 阿呆かお前は、ええかげんせーよ、牛若丸なめとったらどつきまわすぞ!」などと爆音に乗って延々と悪罵を絶叫しつづけている。荒ぶる十七歳のパンク原理主義者の、「小楠公」ならぬ牛若丸ぶりである。

INUと並ぶ当時のインディーズ・パンクの代表というべき「ザ・スターリン」の歌手であり、映画『爆裂都市』でも町田と共演した遠藤ミチロウは、バンド名「自閉体」のころに関西へ行き、INUの演奏を見て衝撃を受け、そのあと八〇年六月に「ザ・スターリン」を結成したと明かしている(「PECKINPAH」二〇一三年第四号におけるインタビュー)。遠藤はステージで観客に向かって獣の臓物を投げたり、全裸になって逮捕されたりしてスキャンダルを起こしたが、それがメディアによって喧伝され、かえって人気の原動力となった。ちなみにINUがメジャーデビューしたのは八一年三月発売のアルバム『メシ喰うな!』であるが、同年十二月発売のザ・スターリンのファースト・アルバム『trash』のB面冒頭には、「メシ喰わせろ!」が収録されている。また INUのギタリスト北田昌宏は、八四年にはザ・スターリンに移っている。覇を競って対抗しながらも、彼らはパンクの理念を通して同族意識でつながり、密に交流していたのである。

しかし一方で、パンクには今日に至るまで影響力を失わない若者ファッションとしての一面もある。セックス・ピストルズのマネージャー、マルコム・マクラーレンは元々服飾デザイナーであり、パートナーはあのヴィヴィアン・ウエストウッドだった。彼はニューヨークの先駆的なパンク・アーチスト、ニューヨーク・ドールズやパティ・スミスたちが、安全ピンを用いたりTシャツを破いたりしている姿をライブで見て、そのファッションをイギリスに持ちかえりセックス・ピストルズのファッションに採用したのである。サエキけんぞうによれば、暴力的なステージにまつわるスキャンダルを宣伝として利用したのも彼の戦略だったし、ヴォーカルのジョニー・ロットンの大げさな巻き舌の歌唱法も、マルコムのアイデアで歴史劇舞台のある喜劇役者の口調を真似たものだった。

　行き当たりばったりのようにも見えるピストルズの影響力の大きさは、実はこうした卓越したファッションセンスとサウンド、そしてセンセーショナルなゴシップ作り、プロモーションまで一貫した重層的なプロデュースの成果によるところも大きい。パンク、ニューウェイヴが大きく広がった裏には、音、ビジュアル両面の「プロデュース」の成功があり、それがロックにアートの香りを付加価値として持ち込むことになったのだ。

（サエキけんぞう『ロックとメディア社会』新泉社、二〇一一）

このように高度経済成長下の商業メディアにおいて、パンクがファッションやアートと結合して大衆化していった経緯は、そのまま日本でも受け継がれていったわけだが、それは町田のパンク原理主義とは微妙にずれている。

そのようなパンクをめぐる状況が、『くっすん大黒』のなかにも反映しているのだ。

衣料店「紅津」に現れる顧客「チャアミイ」は、まさにジョニー・ロットンのごとく大げさな巻き舌でしゃべる。その名が、INUやザ・スターリンに少し遅れて八一年末に大阪で結成され人気を博した「ラフィン・ノーズ」の歌手CHARMYに由来することは明らかである。そして常識破りの奇天烈なアートで一般人を驚かせ、神のように心酔させた「似非アーチスト」上田京一も、いわばパンク的である。しかし彼らの姿が滑稽なのは、それがすでに堕落したパンクだからであり、真の反逆とも「自己否定」とも無縁の、もはや通俗化したファッションでしかないからである。

パンクが流行ファッションとしてもてはやされ、またたくまに消費されていった音楽界で、バンドの解散と新結成を繰り返しながらも、本来の原理主義を維持しつづけることが困難になったとき、町田は言葉の世界での原理の実践へ移行したのだといえる。八八年からの「土中三年」とはその転生のための雌伏期に他ならず、詩文の鍛錬ののちに現れた『くっすん大黒』は、パンクの原理を小説に記述する試みだったのである。

本書の第1章で書いたように、ちょうど二十年前、村上龍の『限りなく透明に近いブルー』(七六)は、すでにジミ・ヘンドリックスもジム・モリソンもいなくなった〝ロックの死〟後の空虚から出発していた。ロックの神は死んだのだ。その〝終わり〟から始まったパンクの、さらに〝終わり〟から、町田の小説は始まっている。

『くっすん大黒』においてパンクの原理は、もはや牛若丸のような町田町蔵の全否定の叫び声から、もっと遠いところまできた。「父」は喪われ、「神」も死んだ。「有毒・有害」なもので埋まった汚濁の世で、「よちよち」「よろよろ」と歩きつづけるしかない阿呆な与太郎たちの自立のできなさを、罵り笑い、ついにははにかみながら肯定するのである。

そのときパンクは、いわば聖歌や賛美歌の対極である。その原理とは、聖なる領域から遠く離れた卑俗な人間の、どこまでも弱く穢れた罪深い側に立つことであり、その外道の罪を悔いるよりもむしろ深めることで、手の届かぬ神仙に無謀な戦いを挑むことである。

その「父」なる神仙には、文学の神も含まれよう。その神を愛し、同時に呪い、殺し、破壊しつづける旅の関門が、ここから遥かに開いている。

あとがき

本書のきっかけとなったのは、二〇一三年初夏の「群像」からの執筆依頼である。手に入らなくなっていた多和田葉子のデビュー作『かかとを失くして』（その後、二〇一四年四月に講談社文芸文庫から『かかとを失くして／三人関係／文字移植』が刊行された）を「群像」十月号で全文掲載するので、作品論を書いてほしいという依頼があったのだ。その際は十分な時間がなかったので短めに書くしかなかったが、それを発端に、村上龍の『限りなく透明に近いブルー』以降二十年間ほどの重要なデビュー作を論じる評論を、連作で発表することになったのである。それを書き終えたあと、改めて『かかとを失くして』論に加筆を施して本書が仕上がった。

私は群像新人文学賞を受賞して文芸評論家としてデビューしたものの、長いあいだ「群像」に評論らしい文章を書いていなかった。長年溜まっていたツケを一気に払うような気持ちと同時に、もう一つの抱負というか、意地のようなものが私にはあった。

文芸評論というジャンルは小林秀雄以来、日本の文学で大きな役割を果たしてきた。その文芸評論らしい文章を目にする機会が、現在どんどん少なくなっている。文芸評論というジャンルそのものが滅ぼうとしているという気さえする。

文学がたんなるジャンル内部の言説で論じきれなくなっていることは事実である。しかし小説は書かれつづけ、新しい作家は現在もどんどん誕生している。それに寄り添い、小説を読み解き解釈する文芸評論という仕事が無意味になったとは思えない。

文芸評論なるものが、小説をどこまで読みこみ、咀嚼することができるか、さらにその論述をどこまで一個の文芸作品として書くことができるか——、その可能性を、自分の能力の限界まで、私は本書で示したつもりである。このように同時代の小説と本気で取りくむ文芸評論の居場所を、ささやかなりとも遺したい。いささかパセティックなそんな思いが、書き進める二年半を支えてくれた気がする。

書ききった、と思える瞬間が何度かあったことを、私は正直に記そう。しかし、結果として出来あがった本書が、その思いを託するのにふさわしい仕事といえるかどうかは、読んでくださる方のご判断に委ねるしかない。

「群像」に連作執筆のきっかけを与えてくれた講談社の長谷川淳氏、担当を引き継いで面倒を見てくれた原田博志氏、出版のお世話になった見田葉子氏と堀沢加奈氏に心からお礼を申し上げたい。

清水良典

二〇一五年十二月十八日

初出　「群像」連載
第1章　二〇一四年三月号
第2章　二〇一四年六月号
第3章　二〇一四年九月号
第4章　二〇一五年一月号
第5章　二〇一五年五月号
第6章　二〇一三年一〇月号
第7章　二〇一五年八月号
第8章　二〇一五年一一月号

清水良典（しみず・よしのり）
1954年、奈良県生まれ。文芸評論家。愛知淑徳大学教授。1986年、「記述の国家　谷崎潤一郎原論」で群像新人文学賞（評論部門）を受賞。著書に『書きたいのに書けない人のための文章教室』（講談社）、『２週間で小説を書く！』『MURAKAMI——龍と春樹の時代』『あらゆる小説は模倣である。』（以上、幻冬舎新書）、『増補版　村上春樹はくせになる』（朝日文庫）、『文学の未来』（風媒社）など多数。共編著にロングセラーとなった『高校生のための文章読本』（ちくま学芸文庫）などがある。

デビュー小《しょう》説《せつ》論《ろん》——新《しん》時《じ》代《だい》を創《つく》った作《さっ》家《か》たち

二〇一六年二月二四日　第一刷発行

著者——清水良典《しみずよしのり》

発行者——鈴木　哲

発行所——株式会社講談社
東京都文京区音羽二—一二—二一
郵便番号　一一二—八〇〇一
電話　出版　〇三—五三九五—三五〇四
販売　〇三—五三九五—五八一七
業務　〇三—五三九五—三六一五

印刷所——凸版印刷株式会社

製本所——大口製本株式会社

ISBN978-4-06-219930-8